ラルーナ文庫

JN129611

異世界で見習い神主はじめました

雛宮 さゆら

三交社

CONTENTS

異世界で見習い神主はじめました……5
第一章　秋麗国へ……11
第二章　神人たちとの生活……41
第三章　ご神体の在り処……69
第四章　キスの意味は……95
第五章　おまえが必要だ……172
第六章　縁結びの神さま……226
月明かりの夜……243
あとがき……270

Illustration

三浦 采華

異世界で
見習い神主はじめました

本作品はフィクションです。
実際の人物・団体・事件などにはいっさい関係ありません。

ざっ、ざっ、ざっ、と規則正しい音がする。

それは伊織《いおり》が、箒《ほうき》で砂利の上を掃く音だ。まだ夜が明けたばかりで、朝の空気は冷たい。

伊織は白い息を吐きながら、懸命に手を動かしている。

「はぁっ」

体を動かしていると暖かくはなるが、手先足先は冷えたままだ。特に足袋《たび》に草履の足もとは底冷えがして、伊織は大きく身震いした。

「早く、あったかくならないかなぁ……」

誰《だれ》に言うともなくそう言って、伊織は空を仰いだ。空の向こうには朝焼けの茜《あかね》が広がっていて、神秘的なその色を見ると、早起きの辛《つら》さも軽減するように感じられるのだ。

阿久津《あくつ》伊織は、飛泉稲荷《ひせんいなり》神社の出仕である。

出仕とは見習い神主のことで、要は一番の下っ端だった。この飛泉稲荷の宮司は伊織の父で、禰宜《ねぎ》は兄である。母と妹も仕事を手伝っていて、家族経営ともいえるこの稲荷は、しかし知名度のある神社だとは言いかねた。

(そもそも、ご神体からして行方不明だからなぁ)

ところどころに枯れた葉が落ちている。地面を掃きながら、伊織はちらりと本殿を見た。

(行方不明なの、公表してるわけじゃないけど……そういうのって、参拝する人にはわかっちゃうのかなぁ)

伊織は詳しいことを聞かされていないけれど、この稲荷のご神体は、神の化身である刀だということだ。刀であるからこそ、戦乱の世に行方不明になったとか、戦後に連合軍によって接収されたとか、いろいろな話があるけれど、要は現在、この飛泉稲荷にご神体はない。

(それともやっぱり、ご神体がないからこそ、賑《にぎ》わわないのかなぁ)

神社の家の息子で、神主をやっているけれど、伊織は神の霊力だのその持つパワーだのには今ひとつ半信半疑だ。それでもお参りをしてくれる人たちの少なさを見ていると、それもまったく関係ないともいえないのではないかと思ってしまうのだ。

(まぁ……賑わってたら賑わってたで、仕事が大変そうだし)

伊織はつい、負け惜しみのようなことを思ってしまった。

(今ぐらいが、ちょうどいいのかも。朝早いのは大変だけど)

そんな飛泉稲荷にも、早朝からの参拝者はいる。伊織の視線の向こう、階段をのぼってきたのは、顔馴染《かおなじ》みの嫗《おうな》だった。

「おはようございます」

「おはよう、伊織ちゃん。いつも早いね」

そう言って嫗は、拝殿に向かうと手を合わせる。その吐く息が、はぁっと白くなった。

伊織は、掃除を続ける。鳥居のまわりを掃いてから、懐から布を取り出し、据えてある二体の狛狐《こまきつね》を背伸びして磨く。

右の狛狐は稲の束を、左の狛狐は宝珠をくわえている。その隙間《すきま》も丁寧に磨いてから、伊織はほっと息をついた。

「今日も、よろしくな」

そう言って、伊織は掃除の続きに戻る。

拝殿の右手には比較的大きな池があって、そのまわりには特に落ち葉や土埃《つちぼこり》がたまりやすい。伊織は池のほうを見て、その真ん中ほどに、落ち葉が浮いているのを目にとめた。

「あれ……」

神社は神のおわすところなのだから、清白を旨とする。伊織が毎朝、時間をかけて掃除をするのもそれゆえだし、だから落ち葉のひとつも許されるものではない。

「よ、っと」

伊織は箒を持ちあげて、それを伸ばすことで落ち葉を掻《か》き寄せようとした。しかしうまくいかない。伊織は池のほとりで身を伸ばし、さらに箒で落ち葉に挑もうとした。

「伊織ちゃん、危ない！」

嫗の声が聞こえるのと同じタイミングで、伊織は自分の体が均衡を失うのを感じた。同時にばちゃんと大きな音がして、冷たさが体を覆う——。

「わ、わ、わわっ」

池に落ちた——それに気づくのに、時間はかからなかった。必死に手をさまよわせて摑《つか》むことのできるところを探したけれど、手のひらに感じるのは水ばかり、体はどんどん沈んでいく。

水が耐え難いほどに冷たい。冷気はすぐに体に沁《し》み込んできて、伊織は凍ってしまったかのように、自らの体を動かすことができなくなった。同時に、感じることがあったのだ。

（こんなこと、前にもあった……？）

池に落ちたことなど、あっただろうか。覚えていないほど昔の話？　伊織は記憶を辿《たど》ろうとし、しかしどんどん体が沈んでいくことに、すぐにそれどころではなくなった。

気のせいかどうかもわからないデジャヴとともに、伊織は池に落ちていった。この池はこれほどに深かったのか。どこか遠くでそのようなことを考えながら、伊織は池の底に呑《の》まれるまま、沈んでいった。

第一章　秋麗国《あきうららのくに》へ

はっ、と伊織は息を吐いた。

体中が冷たい。伊織は大きく身震いしながら、ぱちぱちとまばたきをした。体中の関節が、ぎしぎしと音を立てているように感じられる。

「あ、目が覚めた？」

子供の声が聞こえる。伊織は反射的にそちらを見、自分の顔を覗《のぞ》き込んでいるふたりの子供の存在に気がついた。

「え、え……？」

伊織は、また目を何度もしばたたかせる。目の前の子供たちは、五歳くらい。ふたりとも明るい茶色の髪をしており、その頭の上には動物のようなぴんと立ったふたつの耳があったのだ。

その耳は、子供たちの好奇心を示すように、ぴくぴくと動いている。作りものではないことはそれで知れたが、作りものではないからこそ、その耳の存在はますます謎《なぞ》である。

ふたりとも、そっくりな顔をしていた。大きくて丸い目、小さくて丸い鼻。ちょこんと紅を塗ったような唇。色は白くて、その肌には点々と淡いそばかすが散っているのだけれど、それがなんともいえずにかわいらしい。

彼らは揃《そろ》いの角髪《みずら》に結っていて、白の小袖と浅葱色《あさぎいろ》の袴《はかま》を穿《は》いていて、見かけは立派な、一人前の神主さんだ。

「目が覚めた？　大丈夫？　痛いところ、ない？」

子供たちは、立て続けにそう尋ねてきた。

「痛くは、ないけど」

唇を震わせながら、伊織は言った。とにかく寒い。伊織は大きく身震いをして、起きあがった。

しかし池に落ちるまでは吐く息が白いほどの寒さだったのに、今は空気が暖かいような気がする。もちろん体が濡《ぬ》れているから、そういう意味では寒いのだけれど、しかし肌に触れる空気は心地いい季節の最中のように、柔らかい。

「紅蓮《ぐれん》さま、痛くないって！」

「そうか」

続けて聞こえてきたのは、低くてよく通る、成人男性の声だ。紅蓮というらしい。伊織はそちらを見て、子供たちの姿を見たとき以上に仰天した。

「き、狐……？」

紅蓮の顔は、狐のそれだった。首から下は、小袖に袴をまとった男性なのに、頭だけが狐なのだ。上手に焼けたパンケーキのようにきれいな色合いの被毛は、確かに狐に違いない。

彼は見あげるほどに背が高く、がっしりとした体つきをしていた。子供のひとりやふたり、肩に乗せても悠々と歩けるだろう。小袖に隠れて見えないけれど、胸もともからちらりと見える盛りあがりも、ジムに通って筋トレは欠かしません、というタイプに見えた。この世界にジムがあるのかどうかは知らないけれど。

獣頭の顔から胸にかけて、もふもふの被毛が生えている。ずいぶん丁寧に手入れされているようで、触ってみたくなるほどに柔らかそうだ。その色がよく焼けたパンケーキを思い起こす色だからなお、伊織はそれに触ってみたい衝動に駆られた。

「当然だ。狐だ」

少し機嫌を悪くしたように、狐の男――紅蓮は言った。伊織は思わず、肩をすくめてしまう。

「ここは、稲荷神社……宇迦之御魂神《うかのみたまのかみ》をお祀《まつ》り申しあげる、聖地だぞ」

「え……？」

いきなり耳慣れた言葉を耳にして、伊織は驚いた。聞き返すと、狐頭の男は、面倒そうに繰り返した。

「宇迦之御魂神をお祀りする、社だ。主神の名前も知らぬのか？」

「そ、れは……知ってますけれど」

伊織も、出仕ながらも神主である。稲荷神社の主神が五穀豊穣《ごこくほうじょう》の神、宇迦之御魂神であることくらいは知っている。頷《うなず》く伊織を見つめながら、紅蓮は言った。

「その眷属《けんぞく》が、狐であることがおかしいか？」

「おかしくはないですけど……」

稲荷の眷属が狐なのは、誰でも知っていることだ。それも不思議ではない。しかしそれが獣頭の男、こんなにもがっしりとした人物であるなどとは想像していなかった。

「っていうか、ここ、どこですか⁉」

伊織は慌てて、まわりを見まわした。見たところ、毎日見慣れた飛泉稲荷である。伊織は、あの大きな池のほとりに座り込んでいた。左手には社務所、目の前には拝殿、ちらりと見た向こうには瓦葺《かわらぶ》きの立派な本殿があるようだ。

「……ん？」

しかしどこか違和感がある。違和感というよりも、雰囲気だ。光景はまったく同じながらも、漂う佇《たたず》まいが違うのだ。

「飛泉稲荷だよ！」

「あなたこそ、誰？　どうしてここに来たの？」

獣の耳を持つ子供たちが、口々に言い募る。彼らの声はきんきんと耳に響いて、伊織は反射的に片耳を押さえた。

「どうしてって……どういうこと?」

「ここは、神の国だよ!」

「人間が入ってくることは、できないんだよ!」

「……神の国?」

伊織は思わず紅蓮を見た。彼は難しい顔をして伊織を見ていたが、やがて口を開いて言った。

「ここは、秋麗国《あきうららのくに》だ」

「秋麗……の、国?」

伊織は繰り返した。紅蓮は頷く。

「この子らの言うとおり、神の国だ。人間が立ち入る場所ではない」

驚きに、目を大きく見開いてしまう。言葉がこぼれ落ちる。

「どうして、俺……そんな、ところに」

伊織は、自分の胸に手を置いた。まとっている小袖も袴もびしょびしょで、自分は確かに池に落ちたのだということはわかるのだけれど。

「さぁな、わからぬ」

紅蓮は、どこか素っ気なくそう言った。

「ときには、人間があちらの世界から迷い込んでくることもあるという……めったなことではないと聞いているが」

「そんな……俺、帰りたい」

寒さに震えながら、伊織は言った。口に出すと、ますます自分がとんでもないところにいるという実感が湧《わ》いてきた。

「秋麗国とか、知らないし。俺、帰る……」

伊織は地面に両手をついて、立ちあがった。よろよろと池に近づき、水の中に草履と足袋の足を突っ込んで、冷たさに大きく震えあがった。

「池に入るの？」

「冷たいよ？」

子供たちの声が響く。確かに水は冷たいけれど、もとの世界に戻る方法がわからない。来たところに入ればもとに戻ることができるのではないかと、伊織は考えたのだ。

「えいっ！」

気合いを入れて、池に飛び込んだ。どぼんという音が響く。

「あれ？」

しかし最初に落ちたときはどこまでも深いと思ったのに、今では足がつく。伊織は池から首だけを出して、紅蓮と子供たちを見やった。

「……冷たい」

「それは、そうだろう」

紅蓮が、呆《あき》れたようにそう言った。

「来たところから帰ることは、できないようだな。いいから、あがってこい。病を得るぞ」

「うう……」

紅蓮は膝《ひざ》をついて、手を伸ばしてくれた。伊織はそれを摑んで、池からあがる。小袖と袴はますますびしょ濡れになって、吹いた風に伊織は身震いをした。

「おまえたちは、湯の用意をしろ。温かい茶でも淹《い》れてやれ」

「はぁい！」

子供たちは、頭の上の耳を揺らしながらいい返事をし、ぱたぱたと社務所のほうに駆けていった。平屋造りの社務所は伊織の知っているままの見かけをしており、それでもやはり、雰囲気が違う。

（どうもこの池からは、帰れないみたいだ）

紅蓮の手は大きく、ぎゅっと摑まれているとなにやら安堵《あんど》のような気持ちが湧く。彼はじっと、伊織を見つめた。その琥珀色《こはくいろ》の瞳《ひとみ》のまっすぐな視線に、伊織はたじろいでしまった。

（帰れないんだったら、仕方がない。腹をくくって、ここにいるしかない）

そう思ったのと同じタイミングで、紅蓮がその大きな口を開けた。

「伊織」

「……え？」

名を呼ばれて驚いた。紅蓮は、その金色がかった目でじっと伊織を見ている。そのまなざしに、どきどきと胸が高鳴った。

「どうして、俺の名前を……？」

「薄情なことを」

そう言って、紅蓮は笑った。

「私は、おまえを幼いころから知っているぞ？　おまえだけではない、飛泉稲荷を守る阿久津の家の者たちを、代々見守ってきた」

「そ、うなんですか……？」

手を取られたまま、伊織はきょとんと目を見開く。紅蓮はなおも微笑《ほほえ》んでいる。

「おまえが幼いころ、この池に落ちたことも知っている」

「え」

伊織は、なおも大きく瞠目《どうもく》した。小さいころに落ちたなんて、伊織自身も覚えていない出来事だったのに。

「そうなんですか？　じゃあ、あれ……」

落ちたときに感じた、デジャヴ。あれは気のせいではなかったのだろうか。幼いころの思い出が、同じシチュエーションで蘇《よみがえ》ったのだというのだろうか。

ああ、と紅蓮は頷いた。

「あのとき、おまえは助かった……けれど、今回はなんらかの力の働きがあって、こちらにやってきてしまったのだろう」

「そう、なんですか……」

伊織は繰り返した。紅蓮は、なおも微笑んで頷いた。

「昔からおまえは、粗忽者《そこつもの》ではあったがな」

そう言われて、喜ぶわけにはいかない。複雑な思いとともに、伊織は紅蓮の言葉を聞いている。

「しかしこうやって新しい場所にも、すぐに馴染もうと努力する」

紅蓮はそう言って、くすくすと笑った。

「そういうところが頼もしい。そういうところは、昔から少しも変わっていない」

「頼もしいって……」

伊織は首を傾《かし》げる。彼が自分の幼いころを知っているというのも不思議だったし、あのデジャヴがデジャヴでなかったというのを聞かされるのもおかしな気分だった。紅蓮は笑みを浮かべたまま、伊織をじっと見つめている。

「あのころから、この機が来ないかと思っていた」

どこか甘く聞こえる声で、男は言うのだ。

「とうとう、私のもとに来たのだな……」

伊織は、唖然《あぜん》とするしかなかった。呆然《ぼうぜん》と狐頭の男を見つめ、そして吹く風に寒さを誘われて、大きく身震いをした。

□

紅蓮は手を取って、伊織を社務所に連れていってくれた。内装は少々古びていたが、伊織の記憶と変わりない。入ってすぐの玄関、左右に伸びる薄暗い廊下。紅蓮は迷わずに左に折れて、伊織の記憶が正しければそちらは台所だった。

台所は、四畳ほどはありそうな土間だった。かまどと水場がある。板を渡してある部分は、調理するための場所だろう。ガスも水道もないのだということに、伊織は少したじろいだ。ともすれば近代的な文化が入ってくる前の飛泉稲荷の台所も、こういう内装だったのかもしれない。

かまどにはごうごうと火が燃えていて、大きな釜《かま》に湯が沸いている。そのような釜は、もとの世界にはなかった。やはり一見似ているようだけれど、中身まではそのままとはいかないらしい。あがる蒸気が温かくて、伊織はほっと息をついた。

「脱げ」

「え、ええ？」

紅蓮がそう言ったことに、伊織は目を丸くした。子供たちが「わぁい！」と声をあげながら伊織の着ているものに飛びかかったことに、さらに驚いた。

「濡れた衣を着たままでは、人間は病を得るだろう？」

「そ、そうですけど……」

子供たちが手早く袴の紐《ひも》を解く。小袖の紐も引っ張って脱がせ、下着すら取り払われ、伊織は真っ裸になってしまった。

「うわぁ、やめてやめて！」

思わずしゃがみこんだ伊織を見下ろして、子供たちは言う。

「だって、病になっちゃうよ？」

「それでもいいの？」

子供たちに首を傾げて問われると、答えを失ってしまう。同時に背中に温かいものを感じて、伊織は振り返った。

「あ、ありがとうございます……」

紅蓮が、濡れ手拭《てぬぐ》いで背を擦《こす》ってくれている。沸いていた湯で絞ったのだろうそれは、じんわりと肌に沁み入ってくる温かさだった。

「自分でできますから、もう……いいです」

「そうか？」

紅蓮はそう言って、濡れた手拭いを伊織に渡してくれた。いくら男同士だとはいえ、いつまでも全裸を晒《さら》しているのは羞恥《しゅうち》がひどい。

「では、おまえに合いそうな衣を探してきてやろう」

「お願いします……」

伊織は子供たちに手伝ってもらって、冷えた体を湯で何回も拭《ふ》いた。ややあって紅蓮が戻ってきて、その手には黄色い小花模様の小袖と、紺色の袴があった。

「女ものみたい……」

小花模様など、自分が着ていいのだろうか。しかしそれ以外着るものがないというのなら、仕方がない。

「きっと、似合うぞ」

そう言って、紅蓮はにやにやとしている。多少体は温まったとはいえ、裸のままでは寒い。伊織は下着と小袖、袴を受け取って、手早く身につけた。

「似合ってる、似合ってる！」

「かわいいよ！」

子供たちが次々に声をあげる。伊織はまんざらでもない気持ちになったものの、しかし女ものにしか見えない着物に、恥ずかしさを覚える。

伊織が紅蓮を見ると、彼は意味ありげに微笑んでいた。伊織は思わずうつむいてしまう。

「もう、寒くないか？」

「大丈夫です……ありがとうございます」

指先や足先はまだ冷たいものの、体全体は温まった。ひとつ息をつくと、紅蓮は満足げに伊織を見た。

「なんですか？」

「いや、よく似合うと思ってな」

そう言われると、ますます恥ずかしくなってしまう。伊織は紅蓮から視線を逸《そ》らせ、すると腹が「ぐぅ」と鳴った。

「腹が減っているのか？」

「あ、まぁ……すみません」

伊織は腹を押さえた。まだ朝ごはんを食べていなかったので、よく考えれば空腹でも仕方がないのだ。

「わかった。米ならある。粥《かゆ》を作ってやろう」

「え、お粥ですか」

紅蓮の雰囲気からして料理をするようには思えなかったので、伊織は驚いた。そんな伊織を、紅蓮はちらりと見やる。

「私が、粥くらい作れないと思っているのか？」

「そういうわけじゃないんですが……」

口ごもる伊織をちらりと見て、紅蓮は手を伸ばし、棚から小さめの鍋《なべ》を取り出した。

「紅蓮さま、お料理するの？」

「僕たちも食べたい！」

子供たちが声をあげる。紅蓮は「よしよし」と言って台所の隅の米袋に手をやり、中身をざっと鍋に開けた。

「わ、わわっ」

「なんだ？」

あまりの勢いのよさに、伊織は驚いたのだ。彼はそこに、水瓶《みずがめ》の中の水を柄杓《ひしゃく》で移し、湯を沸かしていた鍋の代わりに粥の鍋を置いた。

「わぁい、ごはんごはん！」

「お腹すいたよ、紅蓮さま！」

「よしよし、待っていろ」

米は研がなくていいのだろうか。水の分量も適当に見えるし、いったいどんな粥ができるのか、伊織は戦々恐々としている。

ややあって、粥ができあがった。四つの椀《わん》によそおうとする紅蓮に、伊織は言った。

「それは、俺がやりますから」

「そうか？　では、頼もうか」

伊織は手早く粥をよそった。しかし焦げているところもあれば米の形がそのまま、生煮えだろうところもあって、ビジュアル的にもどうにも美味《おい》しそうではない。

みんなはめいめい、自分の粥の入った椀を膳《ぜん》の上に置いて、座敷に向かって歩く。そこも伊織の記憶どおりの場所だったけれど、畳の古さや柱の傷など、どこか古めかしい印象を受ける。

「いっただきまーす！」

「いただきます！」

子供たちの先導で、食事がはじまる。伊織は恐る恐る匙《さじ》を使ったけれど、やはりその見かけどおり、粥はとても美味だとは言いかねた。

「伊織、伊織。美味しい？」

「美味しいよね！」

子供たちの声に「ま、まぁね」と生返事をしながらも、伊織は自分がここにいることになれば、料理当番は自分が引き受けようと決意を固めた。

「あの、食い意地が張ってると思われたくないんですけど」

伊織が言うと、三人が視線を揃えて伊織を見た。

「お米以外は……ないんですか？」

その場には、沈黙が訪れる。まずいことを聞いてしまったかと伊織は慌てたが、冷静な声で紅蓮が言った。

「ないな」

「え、そんなの、栄養が偏っちゃうじゃないですか」

伊織が言うと、子供たちが声をあげた。

「ここはね、あんまり参拝者がいないから」

「お供えものがあんまりないんだよ」

「だからね、今はお米だけなの」

子供たちの声に、伊織はきょとんとした。

「あ、そうか……お供えものか……」

うんうん、と子供たちは頷いた。紅蓮は食べる手を止めて、じっと伊織を見ている。

「供えものが、私たちが食料を得る唯一の方法だ。人間界の飛泉稲荷には、あまり参拝者がいない。ゆえに供えものも少ない」

「すみません……」

伊織は思わず謝った。

「なぜ、おまえが謝る」

「だって……俺も、飛泉稲荷の、神主だから」

下っ端の出仕ですけど、と伊織は小さな声で付け足した。

「参拝者が増えるように努力すべきだったんだな、って」

「人の心を操るようなことは、神とてできぬ。なにをどう努力するつもりなのかは知らぬが、離れた人心を引き戻すのは容易なことではない」

「……ん？」

紅蓮の言葉に引っかかって、伊織は首を傾げた。

「人心が、離れたって」

伊織の疑問に、紅蓮も首を傾げる。

「その言いかたって、参拝者がいっぱいいたこともあるんですか？」

「飛泉稲荷の歴史は、長い」

伊織の質問には答えずに、紅蓮は言った。

「長い歴史の中には、いろいろなことがあった……今の状況も、長い歴史の中の一片に過ぎぬ」

　紅蓮の口調は、どこかのんびりとしている。そんな彼をもどかしく見やりながら、伊織は言った。

「それって、ご神体が行方不明なことと、関係あるんですか？」

　伊織の言葉に、紅蓮は少しばかりぎょっとしたようだ。しかしすぐに表情を隠し、じっと伊織を見た。

「知っているのか、ご神体が……行方不明なことを」

「そりゃ、俺は飛泉稲荷の神主ですって」

　伊織は、そう言い募った。

「ご神体がないこと、公表はされてないですけどね。でもだからこそ、感づく人もいるのかなって」

「それゆえかもしれぬし、そうではないのかもしれぬ」

　紅蓮は、曖昧《あいまい》な口調でそう言った。

「いずれにせよ、この稲荷に参拝者が少ないのは事実だ」

「だから、僕たちいっつも腹ペコ！」

「美味しいごはん、お腹いっぱい食べたい！」

　子供たちが声を揃える。子供に腹ペコだなどと言わせてはいけないと、伊織の中に奇妙な使命感が湧きあがる。

(稲荷は豊穣の神なのに。その稲荷の眷属たちが、お腹空《す》かせてるなんて)

それはよくないと、伊織は両手を握った。

「どうしたの、伊織?」

「変な顔、しちゃって。おかしいの!」

そう言って、子供たちはきゃいきゃいと笑う。そんな様子を見ていると安堵するけれど、しかし空腹だという事実は見逃すべきではない。

「俺が、なんとかする!」

子供たちの勢いに乗せられて、伊織は言った。

「なんとかしてくれるの?」

「うわぁい、伊織が本気になった!」

子供たちがはしゃぎはじめる。ふたりしかいないのに大変な賑わいだ。

(差し出がましいこと言ったかな……?)

伊織は、ちらりと紅蓮を見あげた。彼はじっと伊織を見ていて、そして微笑んでこう言った。

「頼もしいな」

「いえ……あの、そういう意味では」

たじろいで伊織はそう言うけれど、紅蓮は微笑んで伊織を見ている。

「いや、おまえは……昔からそういうところがあったな。おまえに任せれば、間違いはない」

「買いかぶりすぎです……」

伊織は身を小さくした。紅蓮が、ふふふと笑い声をあげた。

「おまえが来てくれたことで、楽しい時間を過ごせそうだ」

紅蓮は、座敷の天井を見た。その仕草になにやら彼の物思いを感じて、伊織も天井を見あげた。

「なにもないですよ？」

伊織はそう言ったけれど、紅蓮はまた、笑っただけだった。


台所をよく調べてみると、米のほかには少々しなびているけれど、大きな白菜があった。にんじん、大根にきのこも少々あった。味つけに使えそうなものは塩だけで、これは料理の腕が問われると、伊織は気合いを入れた。

「すごくいい匂《にお》いがする……！」

「美味しいもの？　美味しいもの？」

子供たちは台所から離れない。伊織は鍋をかきまわしながら首を傾げた。

「美味しいかどうかはわからないけど……たぶん、紅蓮のお粥よりは」

伊織がそう言うと、子供たちはますますはしゃいだ。あの粥を食べたきりだ、伊織もできあがりが楽しみである。

「紅蓮はどこに行ったのかな」

「僕、捜してくる！」

「僕も僕も！」

子供たちは口々に叫んで、台所を出ていった。伊織は鍋の中身を少し味見して、うんと頷いた。

「この材料で、我ながらよくやった」

誰もいないので自画自賛しながら、伊織は先ほど粥を食べた椀を洗い、改めて鍋の中身を椀に注いだ。

「伊織、紅蓮さまいたよ！」

「紅蓮さまも、食べたいって！」

子供たちは、紅蓮の袖を引っ張っている。紅蓮は少し面倒そうな顔をしていたけれど、台所の匂いにそそられたのだろう。たちまち笑顔になって、伊織の横から鍋の中を覗き込んだ。

「塩味だけの、スープですけど」

「美味《うま》そうだ」

紅蓮の頭の上の耳が、ぴくぴくと動く。それが面白くて、伊織は彼をじっと見つめてしまった。

「なんだ」

「いや……その耳、動くんですね」

伊織が言うと、紅蓮はそっと自分の耳に触れた。

「そりゃ、動くだろう。生きているのだからな」

「それはそうですね」

紅蓮は配膳を手伝ってくれる。狐耳の子供たちはといえば、ふたりともすでに匙を握って卓についている。

「早く、早く！」

「お腹空いたよ！」

こちらの世界にやってきて、二度目の食事だ。不意に伊織は、黄泉戸喫《よもつへぐい》のことを思い出した。死者の世界である黄泉《よみ》の国の食べものを食べると、蘇ることができなくなるという言い伝えである。

ここは黄泉ではないけれど、こうやってこの世界の食べものを食べていると、もとの世界に帰れなくなってしまうのではないかという気持ちが、ふいと掠《かす》めた。

「伊織、どうしたの？」

「早く食べよう？」

紅蓮も卓についていている。伊織は紅蓮の隣に座り、皆で手を合わせた。

「うわっ、これ、美味しい！」

「本当だね、美味しいね！」

子供たちがはしゃいでいる。それだけでも伊織は癒《いや》されたけれど、ゆっくりと匙を使っている紅蓮が、満足そうに頷いたことにもっと癒された。

「伊織は、料理上手だな」

「そう、ですか？」

「これだけの材料で、美味いものを作ることができるのは、すごいことだ」

「……ありがとうございます」

伊織は、思わず頷いてしまう。やたらと椀の中身をかきまわしてしまい、子供たちに
「お行儀が悪いよ」と窘《たしな》められてしまった。

「家では……向こうの世界では、ときどき台所を借りて、料理してましたから」

「家族の食事か？」

「いえ、台所のメインはもちろん母なんですけれど、俺も作るの好きだから、たまに」

「そうか、たまのことで、これほどのものが作れるのか」

紅蓮は盛んに褒めてくれるけれど、それほどのものは作っていない。そのことにやや罪悪感を覚えながら、伊織は椀の中のスープを啜《すす》った。

「伊織、どうしたの？」

「どっか痛いの？」

子供たちが、口々に話しかけてくる。それを「いや、なんでも」と誤魔化《ごまか》しながら、伊織は食事を終える。

「美味かったぞ、ありがとう」

紅蓮は丁寧にそう言って、手を合わせている。礼儀正しい彼を前に、伊織も慌てて手を合わせた。

「後片づけは私がやろう。子供たちでは、壊れものを作ってしまいそうだからな」

「紅蓮さま、ひどい！」

「僕たちだって、ちゃんとやれるよ！」

子供たちが、きゃいきゃいと声をあげる。紅蓮は手慣れた様子で彼らをあやし、食器を水場に運んでいる。

「すみません、ありがとうございます」

思わず伊織が頭を下げると、紅蓮は「なんでもない」というように顔をこちらに向けてきて、伊織はほっと肩の力を抜いた。

「おまえが一生懸命作ってくれたのだ。私も、なにかせねばな」

粥を作る腕は今ひとつだったけれど、食器洗いの腕は手早かった。鍋まできれいに磨いているのを、子供たちがはしゃいで見ている。伊織も彼の手技を、見るともなく眺めていた。

□

この神の世界は、秋麗国という名称だという。

その名のとおり、夜になってもほのかに暖かい。伊織は社務所の中の六畳の一間を与えられた。伊織の記憶では、神事のための人形を作ったりするための部屋だったけれど、こちらでは空き部屋になっているらしい。

その真ん中に布団を敷きながら、伊織は濡れ縁のほうを見やった。

障子を開けっぱなしでも寒くはない。庭には月明かりが鮮やかで、もとの世界ではここまではっきりした月は見えなかった。空気がきれいなのだと思いながら、伊織は布団の中に入る。

今日一日は、秋麗国に迷い込んでしまってから、いろいろと大変だった。わかったのは、ここは神の住まう世界で、しかし人間の世界の飛泉稲荷の間取りとまったく一緒だということ。それでいて雰囲気はやや違い、だから違和感は大きくて、伊織はここがかつて知っている飛泉稲荷とは違う場所なのだということを実感せざるを得なかった。

「もとの世界に、戻れるのかなぁ？」

誰に言うともなくそう呟《つぶや》くと、途端に不安になる。家族や友達と、もう一度会えるのだろうか。もとの生活を送ることができるようになるのだろうか。

「帰れたら、いいのに」

波瀾《はらん》の一日に、疲れていたのだろう。伊織はいつの間にか、寝入っていた。

夢を見た。もとの世界の、自宅にいる夢だ。家族が居間に集まっていて、伊織の行方を心配している。伊織がそこに現れたことで、皆が驚いている。

「伊織、どこに行ってたの」

そう言ったのは、母だった。その横には妹がいて、やはり驚きの顔をしている。

「なんか……神の国、だって」

「えぇ？」

声をあげたのは、妹だ。信じられなくても無理はない。伊織は、何度も頷いた。

「あっちの世界にも、飛泉稲荷があるんだ。そこで、宇迦之御魂神の眷属の……狐と、あと頭の上に耳のある子供ふたりに、会った」

「なに言ってるの？」

母が首を傾げている。そこに、飛泉稲荷の宮司である父と、禰宜である兄が入ってきた。

「伊織！」

ふたりは声を揃えた。伊織はまた同じ説明を繰り返し、父と兄も首を傾げている。

「これって、夢の中みたい」

伊織は言葉を続けた。

「現実の……ここでは、俺はどうなってるの？」

「境内の池に落ちて、そのまま行方不明だ」

どこか怒ったように、父が言った。

「黙っていなくなるなんて、どこに行ったのか捜して……ずいぶんと心配したんだぞ」

「だから、秋麗国……神の、世界に」

そう繰り返しても、頭がおかしくなったと思われるのがオチだろう。しかしそこはさすがに神社の者たちだというか、柔軟性があるというか、理解があるというか。

「頭が狐の、眷属とか。獣耳の子供とか……あっ」

伊織が声をあげると、皆が「なになに」と耳をそばだてた。

「あの子供たち……狛狐だ」

毎日磨いていた狛狐の姿を思い出した。確かにあの石像が人間の姿を取ったら、あの子供たちのようになるだろう。手を打つような思いで、伊織は頷いた。

「とにかく俺は、元気だから」

集まった家族を力づけようとして、伊織は言った。

「元気ってのもおかしいかもしれないけれど、俺は秋麗国で、どうにかやってるから」

「そうなのか？」

心配そうな声をあげたのは父だ。うん、と伊織は頷いた。

「ただ……参拝者がさ、少ないだろう？」

伊織がそう言うと、皆が渋い顔をした。

「お供えものも少ないから、みんなあんまりごはん食べられてなくてさ。そこらへん、どうにかしてくれたらと思う」

「そりゃ、私たちにできることなら、なんでもするが」

頭を掻きながら、父が言った。

「参拝者を増やすってのはなぁ。簡単にそれができたら、苦労はしない」

「そうだよねぇ」

その言葉に、伊織もため息をついた。その場がなんとなくしんみりしてしまったのと同時に、伊織の視界が大きく揺れた。

「わ、わ、わわっ」

伊織、と母が呼びかけてくる声がする。しかしそのまま伊織はどこかに取り込まれてしまい、気づくと六畳間の布団の中にいた。

「……ああ」

あれは夢だったのか、それとも現実だったのか。眠っているときだけもとの世界に戻れるのか。伊織は体を起こして、伸びをした。今ひとつ疲れが取れていないような気がするのは、夢が目まぐるしかったせいか。

（ここは、秋麗国なんだな）

朝の穏やかな空気が流れてくる。暑くもなく寒くもない。それを大きく吸い込んで、息を吐きながら伊織は障子の向こうの景色を眺めた。

第二章　神人たちとの生活

掃除は、伊織にとっての大切な仕事である。

秋麗国にあってもそれは同じだ。習慣で早くに目覚めた伊織は、境内を箒で掃いていた。

鳥居の両脇《りょうわき》には、石でできた台座がある。しかしその上に鎮座しているはずの狛狐が、いない。

この世界では彼らは実体を取っているから、台座には縛りつけられてはいないのだろう。それでも狛狐のいない台座にはどこか違和感があって、伊織はじっと、それを見あげていた。

「伊織ーぃ！」

「こんなところにいたの？」

駆けてきたのは子供たちだ。伊織は朝の挨拶《あいさつ》をして、子供たちと空の台座を、交互に見た。

「狛狐の化身って、本当なんだな……」

「そうそう！」

子供たちは、口を揃えてそう言った。

「僕たちは、神社をお守りする狛狐！」

「伊織は、いっつも僕たちを磨いてくれてたよね！」

「ちゃんとわかってるよ、ありがとう！」

伊織にとっては、狛狐を磨くのも仕事の一環である。子供たちに懐かれ、礼を言ってもらうほどのことではない。

「こちらこそ、ありがとう……懐いてくれて」

そう言った伊織に、子供たちはきゃんきゃん声をあげながら、跳ねた。高下駄の音が、あたりに響く。

「そういえば、いまだに聞けてないんだけど」

伊織がそう言うと、子供たちは揃って首を傾げた。

「きみたち……なんていう名前なの？」

「名前？」

ひとりが、そう声をあげた。

「僕たちは、狛狐だもん！」

もうひとりがそう叫んで、その場でひょいっととんぼ返りをした。

「狛狐なの、だから名前なんて、ないよ！」

「でも、それじゃ不便だろう？」

伊織が言うと、狛狐たちはまた首を傾げた。

「紅蓮は、きみたちのこと、なんて呼んでるの？」

もうひとりが、悩むような声をあげた。

「子供たち、とか？　狛狐、とか？」

「ニコイチでしか呼ばれないの、なんかさみしくない？」

「さみしいかなぁ？」

「そうかなぁ？」

狛狐たちは、顔を見合わせてそう言った。

「少なくとも俺は、ふたりの区別をつけて、呼びたい」

「そうなの？」

「なんて呼ぶの？」

ふたりを前に、伊織は腕を組んだ。そしてなにもない台座を見あげた。

「こっちにいたのは、どっち？」

伊織が指をさすと、ひとりがぴょんと台座に近づいた。

「僕だよ！」

「じゃあ、こっちは？」

「僕、僕！」

もうひとりが元気よく手を挙げる。伊織は、左右を見まわした。

（そっちの狛狐は、いつもなら稲をくわえてる）

もう片方を見る。そちらは宝珠をくわえていたのを覚えている。伊織は、むむむと考え込んだ。

「じゃあ、きみは稲ちゃん」

「へえっ！」

稲ちゃんと呼ばれた狛狐は、驚いた声をあげた。

「こっちのきみは、ほーちゃん」

「ほーちゃん！」

もちろん、宝珠の「ほー」なのだが、自分でも安直すぎると頭を抱えてしまう。

「うわぁい、僕、そんなふうに呼ばれるのははじめてだよ！」

「僕も僕も！」

しかし狛狐たちは、伊織の微妙なネーミングが気に入ったのか。ふたりは歓声をあげて、まわりを駆けまわっている。

「喜んでくれたんだったら、それでいいよ……」

「うん、嬉《うれ》しい！」

声をあげたのは、おそらく稲ちゃんのほうだ。

「名前なんかいらないと思ったけど」

「呼ばれてみると、嬉しいね！　ねぇ伊織、もっと呼んで？」

お安い御用だ。伊織は頷いた。

「稲ちゃん」

「はーい！」

稲ちゃんが、元気な声をあげる。

「ほーちゃん」

「はーい、はーい！」

ほーちゃんは両腕をあげて返事をし、そして楽しそうに声を張りあげた。

「ねぇ、伊織。一緒に遊んで？」

「遊んで、遊んで！」

箒を手にしたまま、伊織は「いいよ」と言う。

「なにして遊ぶ？」

「なにする、なにする？」

遊ぶことを請け負ったけれど、狛狐たちがどのような遊びをするのか、そもそも子供相手にどうすればいいのか、伊織にはわからない。

「かくれんぼ、かくれんぼがいい！」

「隠れるところ、いっぱいあるもんね！」

稲ちゃんもほーちゃんも、元気いっぱいにその場で跳ねた。確かに隠れる場所には困らないだろうけれど、探すのはさぞ大変だろう。

「あ」

伊織は声をあげた。視界の向こうの道を、四十がらみの女性が歩いている。彼女と目が合って会釈をすると、女性のほうからこちらへと近づいてきた。

艶《つや》やかな黒髪を、簪《かんざし》一本で器用に巻きあげている。近づいて見た歳《とし》のころは、やはり四十前後だろう。穏やかな笑みを浮かべていて、その表情に伊織は安堵を誘われた。

「そなたは、人間か」

菱形《ひしがた》がいくつも連なった模様の小袖を着ている。着物は紺色で、帯は赤だ。大きな牡丹《ぼたん》の花が立体的に織り込まれている。その色の組み合わせが、彼女を若々しく見せていた。

「は……はい、そうです」

人間か、などと問いかけられることは、まずない。伊織は何度もまばたきをし、そんな伊織に、女性は笑った。

「こちらに人間が来ることなぞ、まずないことだ。ぬしは、よほどに運がよかったのであろう」

「運がいい、のかな……？」

伊織は首を傾げてしまい、稲ちゃんとほーちゃんもそれに倣う。

「なにを言うか、ここは神の国。普通の人間なら、神の放つ気に呑まれて、死んでしまうというのが関の山じゃ」

「死んじゃう……」

伊織は大きく身震いをする。狛狐たちも、同じように身を震わせた。すると女性は、大きな声で笑った。

「大丈夫であろう、ぬしはそんなにぴんぴんしているのだものな。特殊な人間なのかもしれんで」

そう言われて、喜んでいいものかどうかわからない。

「特殊、ですか」

「そうじゃ、ときどきそういう人間がおると聞いている。秋麗国においても、神々と同じように生きていける人間……」

女性は伊織をじっと見た。そして名を問うてくるので答えると、彼女は言った。

「我は、岩巣比売神《いわすひめのかみ》と呼ばれておるな」

「え、ええっ⁉」

伊織の声は裏返った。岩や砂を司る女神だ。しかし実物に会うことになるとは思わなかった。伊織の驚きように、岩巣比売神のほうが驚いている。

「ご、ご高名はかねがね……」

「おや、そうかい。嬉しいな」

そう言って、岩巣比売神はくすくすと笑った。

「縁のあった印に、贈りものを持ってこさせよう。きちんと、食事をしておるか？」

「あ、それは……」

なにしろ伊織の目下の心配は、四人の食事のことなのだ。その心配をずばりと見抜かれて、伊織はたじろいだ。

「そうか、やはり困っているのだな」

なにもかもを見抜いているかのように、岩巣比売神は言った。

「飛泉稲荷は、なにしろご神体がないから」

小さなため息とともにそう言う岩巣比売神に、伊織は驚いて彼女を見た。ご神体がないことは、ほかの神々にも筒抜けなのか。

「いろいろと困っているのは、我も知っている。我でよければ、力になろう」

「ありがとうございます……」

うつむいて礼を言いながら、伊織は岩巣比売神を見やる。彼女の黒い瞳を見ながら、そっと小声で尋ねてみた。

「うちのご神体がないこと、ご存知なんですか？」

「そりゃあ……」

彼女はそう言いかけて、口をつぐんだ。

「有名なことだ。こちらの世界では、な」

「どうしてなんですか？」

伊織は、岩巣比売神に詰め寄った。すると彼女は、困惑したような顔をする。

「それは……眷属に訊《き》くといいだろう」

彼女はどこか、困ったようにそう言った。

「積極的にしたい話でもないだろうが、我が言っていい話かどうかわからないからな」

そう言って、岩巣比売神はぱたぱたと手を振った。伊織は反射的に頭を下げて、顔をあげるともう彼女はいなかった。見まわしてみてもその姿はどこにもなく、これも神の力かと伊織は驚いた。

「ねぇ、稲ちゃん。ほーちゃん」

「なに？」

「なになに？」

傍らで神妙な顔をしていたふたりは、伊織の言葉の先を促した。伊織は少し言い淀《よど》んだあと、口を開いた。

「どうして、この稲荷には主神がいないの？」

「主神？」

稲ちゃんが首を傾げた。

「お守りすべき神さまだよ。稲荷には、宇迦之御魂神がいるはずなんだけど」

「知らなーい」

「知らないよー」

ふたりは声を揃える。伊織はふたりの顔をじっと見たけれど、本当に知らないのかとぼけているのかは、判別できなかった。

「紅蓮さまに訊いてみれば？」

稲ちゃんが言った。ほーちゃんも「うんうん」と頷いている。

「そうか、そうだよな」

それはそうだと思いながら、伊織はきびすを返し、社務所に向かおうとした。

「あの」

声がかかって、振り返った。そこにいたのは初老の男で、好奇心いっぱいの顔をして伊織を見ている。麻でできた明るい黄色の狩衣《かりぎぬ》を着ており、狩衣はしっかり糊《のり》を効かせてあるのか、ぱりっとしていた。

「あんたかい、飛泉稲荷に現れた人間ってのは」

はい、と伊織が返事をすると、男はにこにこと人好きのする笑みを浮かべて、言った。

「私は、火雷神《ほのいかづちのかみ》だ」

「ふぁっ⁉」

伊織はまた頓狂《とんきょう》な声をあげてしまった。火雷神といえば、雷の、そして稲作の神である。雷の神というから、以前教科書で名前を見たときは荒々しい人物を想像していたのだけれど、目の前にいるのは笑い皺《わらじわ》の目立つ、温和な男性だ。

「人間が現れるとは、珍しい」

近づいて、伊織の顔を覗き込むように火雷神は言った。伊織はたじろいだ。

「どこか、具合の悪いところはないか？　夢見はいいか？」

「は……おかげさまで」

彼の言葉の意図がわからなくて、伊織は何度もまばたきをする。火雷神は、優しげな笑い声を立てた。

「そうか、そうか。私のことも、お見知り置きを。お近づきの印に、贈りものを届けさせよう」

「そんな……あの、ありがとうございます」

伊織はそう言って、頭を下げた。稲ちゃんとほーちゃんも、それに倣う。ちゃっかり受け取るつもりで礼を言ってしまったのは厚かましいかと思ったけれど、火雷神はなおもにここにこしている。

「なに、礼を言われるには及ばんさ」

火雷神は、伊織の肩をぽんぽんと叩《たた》いた。それに勇気づけられたような気がして、伊織は大きく頷いた。


なおも掃除を続けていると、伊織にはあちらこちらから声がかかった。近隣の神々が、次々と顔を出しているらしい。彼らは揃って、人間界からやってきた伊織を珍しがり、そして皆が贈りものを持ってきてくれた。

天津麻羅《あまつあら》という鍛冶《かじ》の神は何頭もの猪《いのしし》の肉の塊を、天之忍穂耳命《あめのおしほみみのみこと》は何俵もの米を、雨日鷲命《あめひわしのみこと》は樽《たる》いっぱいのぴちぴち跳ねる魚を、大気津姫神《おおげつひめ》はあらゆる野菜を。

ありがたくいただいた贈りものはほとんどが食料で、おかげで台所はどうにか（どころかものすごく）潤ったわけなのだけれど。

その山を前に、伊織は安堵のため息とともに見やっている。

「すごいですね、紅蓮は人望……っていうのかな。そういうの、すごくあるんですね」

「別に、私に人気があるわけではない」

縁側に雑巾《ぞうきん》がけをしていると、紅蓮が現れた。朝からの経緯《いきさつ》を話し、そう言うと、紅蓮はどこか不本意そうな顔をした。

「おまえだ。皆、おまえを珍しがっているのだ」

そう言われると、どこか面映《おもは》ゆい。戸惑って紅蓮を見あげると、彼は目を眇《すが》めて伊織を見ていた。

「人間は……この世界の、神の気に耐えられないものなんだって」

自分より背の高い紅蓮を見あげながら、伊織は言った。

「だから、こうやって元気にしているのが珍しいんだって言われましたけど。本当ですか？」

うむ、と紅蓮は頷いた。

「普通はな、そう言われている。私も、ここで人間と関《かか》わり合いになるのははじめてだから、なんとも言えないが」

そう言って紅蓮は、じっと伊織を見る。琥珀色の目の力に押されて、伊織は思わず視線を逸らせてしまう。

「体調に問題はないのか？　見たところ、元気に働いているようだが」

「問題なんて、ありませんよ！」

伊織は握り拳《こぶし》を作って、紅蓮に見せた。

「俺、全然元気です。こっちに来て、ますます元気なくらいです」

「それならいいのだが」

それでも紅蓮は危ぶむように伊織を見ていたけれど、やがて「うむ」と頷いた。

「おまえがいてくれて、私たちも助かっている……」

紅蓮は口ごもった。その姿がどこか妙にかわいらしくて、伊織は笑って彼の言葉の先を促した。

「料理は趣味だし、掃除はいつもの仕事です。俺、なにも無理していないから」

「そうだといいのだが」

彼ににっこりと微笑みかけて、伊織は言葉を続けた。

「それよりも、俺が来る前は食事とか、どうしていたのか気になります」

「それは、まぁ……適当に」

紅蓮はまた言葉を濁した。その様子から、きっとろくな食生活を送ってこなかったのだろうということが見て取れた。

「俺がいる限りは、紅蓮たちに不自由はさせません！」

握り拳とともに、伊織は言った。

「大船に乗ったつもりで、頼りにしてください！」

「ああ……それは、頼もしいな」

笑顔とともに紅蓮にそう言われ、伊織は頷いたものの、思い出したことにしゅんとしてしまった。

「でも……今はいいけれど、食料の調達は問題ですね」

顎《あご》に握り拳を置いて、伊織は「ううん」と考え込んだ。

「贈りものだっていつまでもあるわけじゃないし、今後も、人に甘えていいわけがない。どうにかして、食事の心配をしなくていいようにしないと」

うつむいて考え込んでいると、ふいと頭を撫《な》でられた。驚いて顔をあげると、紅蓮が微笑みとともに伊織の髪に触れている。

「な、んですか……？」

「おまえは、善《よ》き者だな」

鷹揚《おうよう》な微笑みとともに、紅蓮は言う。伊織は首を傾げた。

「そうやって、私たちのことを考えてくれている。そのように人のことを考えられるのは、善き者の証《あかし》だ」

褒めてくれているのはわかる。しかし頭を撫でられながらというのはどうだろう。まるで子供扱いされているようで――それでいて、どこか心地いい。

「そんなこと、今まで言われたことないです」

「今、私が言っている。おまえは善き者だ。とても心強い」

「……ありがとうございます」

伊織は思わずうつむいて、そんな彼の頭を紅蓮はなおも撫でている。

「あー、紅蓮さま、紅蓮さま、いい子いい子してる！」

現れたのは子供たちだ。彼らは紅蓮の足にまとわりつき、彼のもとに頭を差し出した。

「僕も撫で撫でして！」

「僕も僕も！」

子供たちが騒いで、紅蓮は笑いながら彼らの頭を撫でてやる。弾《はじ》けたように笑う子供たちに、伊織は思わず微笑んだ。

「撫で撫でしてもらうと、気持ちいいねぇ」

「なんだか、元気になれるような気がするね」

稲ちゃんとほーちゃんは満たされたような表情になり、それを目にして、伊織も心癒されたのだけれど。

「でも、今の状況、どうにかしなくちゃいけない……」

迷いながら、伊織は言った。

「やっぱり、ご神体がないから」

そう言うと、三人は揃って伊織を見た。

「だから参拝者も少ないと思うんです。ご神体は、いったいどこにあるんですか？」

伊織は、紅蓮を見た。彼は特に表情を変えなかったけれど、なにかを秘めていると伊織は思った。

「紅蓮……」

「伊織は、掃除の途中だったな」

話題を振り切るように、紅蓮は言った。

「私たちも手伝おう。おまえたちもだ」

「はーい！」

「はいはーい！」

子供たちは手を挙げて、それぞれが水場に走っていく。紅蓮はその後ろ姿に微笑み、伊織と目が合うと、ますます笑みを濃くした。

（……紅蓮）

その好いたらしい笑顔に、伊織はどきどきしてしまった。思わずそっぽを向いて、すると紅蓮が、ぽんと背中を叩いてくる。

「私もやろう。どこからやればいい？」

「あ、じゃあ……畳の間の箒がけを」

「わかった」

そう言って背中を見せた紅蓮の姿を、伊織は目をしばたたかせながら見つめていた。

掃除が終われば、神拝だ。

さまざまな神から受け取ったお供えものを、本殿の前に並べる。伊織が居住まいを正すと、狛狐たちも、それに倣った。

「高天原に神留座す神魯伎神魯美の詔以て皇御祖神伊邪那岐大神……」

もとの世界では、伊織がメインになって祝詞《のりと》をあげることなどなかった。伊織は後ろのほうで、父や兄のあげる祝詞に従って声を出すだけだった。しかしここには、神主は伊織しかいない。緊張しながら、拝礼を終える。

「なかなか、さまになっているではないか」

「紅蓮」

冷やかすようにそう言った彼を、伊織は睨《にら》みつけた。

「からかわないでください。紅蓮も一緒に、祝詞をあげてくれなくちゃ」

「それは、私の仕事ではない」

紅蓮は言って、そっぽを向いた。伊織は思わず彼を睨む。

「私の仕事は、神をお守りすることだ。そういう仕事は、人間たちに任せている」

「そんなこと言って」

ふたりの軽い言い争いを、狛狐たちが不安げに見ている。それに気がついた伊織は、ふたりの頭を撫でてやった。

「喧嘩《けんか》してるんじゃないよ、見解の相違だっていうだけ」

「けんかいのそーい？」

稲ちゃんが首を傾げる。ほーちゃんも、それに倣った。

「そう。紅蓮も祝詞をあげて、神に感謝を捧げるべきだと思うんだ。どう思う？」

「祝詞？　人間たちの、言葉？」

「そうだな。人間が、神に捧げる言葉だ」

稲ちゃんが、目をしぱしぱさせる。ほーちゃんも同じだ。

「祝詞は、人間のものだもん」

そう言ったのは、稲ちゃんだった。

「僕たちが唱えるのはおかしいよ。僕たちは、神の眷属。人間じゃないもん」

「そんなものなんだ？」

ほーちゃんが、うんうんと頷いている。そうなのか、と伊織が肩を落としていると、紅蓮が微笑んで、伊織にぽんと触れてきた。

「あちらの世界で、人間たちが祝詞をあげてくれているのは知っている。それが我がきみを慰めているのもな」

紅蓮は誠実な口調でそう言って、伊織はうんうんと頷いた。

「しかし祝詞は、あくまでも人間が神と交流を持つための言葉に過ぎん。私たちが唱えるためのものではないのだ」

「紅蓮たちが神さまと話すときには、通訳がいらない、みたいな感じ？」

「そうだな」

そう言って紅蓮は頷いた。その原理は伊織にもわかる。ここは異世界だし、伊織しか神主はいないし、だからここまでしなくてもいいのかもしれないけれど、しかし神さまになんの報告もなく、贈りものをいただく気持ちにはなれなかったのだ。

ひととおり祝詞を唱え終わって、伊織は息をつく。最後に大きく礼をして、そして後ろで待っていた狛狐たちを振り向いた。

「さ、ご報告も終わったから」

「食べてもいいの？」

「そういうことだな」

紅蓮が言うと、狛狐たちははしゃぎはじめた。ごはん、ごはん、と歌いながら走りまわる姿に伊織は微笑みを誘われて、すると紅蓮と目が合った。

「おまえは、いい神主だな」

「え……」

そのようなことを言われたことはないので、伊織は驚いた。まじまじと紅蓮を見てしまい、すると彼は大きな声で笑った。

「おまえのような神主がいてくれると、我が稲荷の発展もそう遠いところではないと思えるな」

「発展……してくれたらいいんですけれど」

ふぅ、とため息をつきながら、伊織は言った。そんな彼を、紅蓮は微笑ましげに見つめていた。

朝が来て、昼が過ぎて、夜になる。

陽が落ちると、あたりは一気に寒くなった。風呂《ふろ》からあがった伊織は、湯あがりの体をぶるっと震わせながら、新しい小袖に手を通していた。

「ん？」

社務所の向こうから、奇妙な声が聞こえる。伊織は慌てて身支度をし、社務所を飛び出した。

「あ……？」

淡い月明かりの中、二頭の狼《おおかみ》が唸《うな》っている。その目はぎらぎらと輝き、ぜぇぜぇ、と

荒い息を吐いている。口からはよだれが垂れていて、狼と思ったのは伊織の気のせい――もしかしたら野犬だったのかもしれない。しかし危険な生きものが境内に入ってきていることは間違いなく、目が合った伊織は反射的に大声をあげた。

「紅蓮――!」

しかし呼ぶまでもなかった。はっと振り返ると、そこにはいつの間にか紅蓮がいて、険しい目をして立っている。

「紅蓮、あれ……狼ですか?」

「悪《あ》しきものだ」

苦々しい口調で、紅蓮が言った。その間にも不気味な生きものは数を増やし、三匹、五匹、と増えていっている。

「犬でも、狼でもない……悪しき魂が寄り添い合って生まれた、邪気の塊だ」

「そ、んなもの……」

聖域たる神社の境内に、そのようなものが現れるとは。伊織はぶるりと身を震わせ、そんな彼の前に、紅蓮は進んだ。

「悪しきもの……人間の気配を嗅《か》ぎつけてやってきたのであろうが、ここはおまえたちの居場所ではない」

(人間の気配?)

ということは、悪しきものとやらは伊織を狙《ねら》ってやってきたのか。そう思うとますます恐ろしくて、伊織はその場に座り込んでしまった。

「伊織、控えていろ」

「は、はい……」

座ったまま、伊織は後ろに退いた。一方の紅蓮は裸足《はだし》のまま縁側を下り、生きものたちを睨みつける。

「ぐぉぉ――っ！」

紅蓮の咆哮《ほうこう》に、伊織はどきりとした。いくつもの怪しげな光を放つ目が、一瞬その勢いを失った。それ以上に伊織を驚かせたのは、紅蓮の姿が変わっていくさまだった。

「え、え……？」

びりびりと、布の破れる音がする。次に伊織が紅蓮を見やると、そこにいたのは四肢で立つ大きな狐で、全身の毛を逆立たせて生きものたちを睨みつけている。その目は、燃えるような赤だ。

「紅蓮……？」

狐とはいえ、伊織の知っているそれより何倍も体が大きい。咆哮も凄《すさ》まじく、聞いているだけで恐ろしくなってしまうほどだ。

「うがぁ――っ！」

狐の姿に変化した紅蓮は、集まってきている生きものたちに襲いかかった。不気味な生きものも決して小さくはないが、紅蓮の相手になるものではない。

（う、わ……）

紅蓮は生きものたちの咽喉笛《のどぶえ》に食いつき、牙《きば》を立てる。それが倒れればもう一匹、もう一匹と次々に倒していく。

「ぎゃう――っ！」

あたりは獣の咆哮でいっぱいで、伊織は立ちあがることもできない。後ろから「うわっ！」と声がしたのは、狛狐たちだろう。

「紅蓮さま、かっこいい……」

そのような呑気《のんき》なことを言っている場合ではない。しかし伊織も同じことを思っていた。月明かりの下、身軽く動き、次々に敵を倒していく金色の獣。その迫力は圧倒的で、伊織は固唾《かたず》を呑んで見守っていた。

「ふっ……う、うう！」

生きものたちは、紅蓮に噛《か》みつかれ前脚で殴られ、抵抗はするものの、「きゃううん！」と情けない声をあげて地面に転がった。その光景を月が照らしている。あたりには月明かりしかないものだから、それは一種、幻想的な光景にも見えた。

「うがぁ、ああっ！」

集まってきていた生きものたちは地面に転がり、まるで水蒸気のようになって空へと消えていく。紅蓮は残りの一匹をくわえ、体ごとぶんと振りまわした。

「ぎゃあああ――っ！」

最後の一匹は、宙で煙のように消えていった。

「は、っ……」

その一部始終を見ていた伊織は、大きく息をついた。背後で狛狐たちも、安堵のため息をついている。

「恐ろしい思いをさせたな」

獣の姿のままの紅蓮が、呻《うめ》き声とともにそう言った。

「もう、懸念することはない。安心して休め」

「休めって……紅蓮、もとの姿には戻らないんですか？」

伊織の言葉に、紅蓮は自分の体を見やった。自分が変化していることに気づいていなかったらしい。社務所の縁側には、びりびりになった布地が散らかっている。

「ああ、戻らなくてはならないな」

面倒そうに、紅蓮は言った。ようやく、怯《おび》えていた伊織の体からは強張《こわば》りが解けて、伊織は急いで紅蓮のもとに向かった。

「怪我《けが》とかは……？　大丈夫なんですか」

「大丈夫だ」

獣の姿のまま、紅蓮は頷いた。

「あの程度のものたち、相手にもならん」

「あんなの、しょっちゅう来るんですか？　そのたびに……あんな大きな狐に変身するの？」

恐る恐る、伊織は紅蓮に触れた。ふわふわの毛並みが心地いい。このまま彼に抱きついてしまいたい情動をぐっと我慢しながら、伊織は紅蓮の顔を覗き込んだ。

「ときおりな。ここは、神のお住まい……それを穢《けが》そうと現れる、悪しきものたちだ」

「そうなんですか……」

「これは神をお守りする私の、大切な仕事だ」

そのようなものが跋扈《ばっこ》しているというのは恐ろしいけれど、紅蓮がいてくれれば安心だ。先ほどの凄まじい戦いの真ん中にいたのに、傷ひとつ負った様子はない。

伊織はなおも紅蓮の毛並みを撫でながら、彼の言葉を聞いていた。

「私の仕事は、神を守ること」

重々しい声で、紅蓮は言った。

「そのために私は、この姿を与えられている。先ほどのような輩《やから》に、聖なる地を汚されることのないようにな」

伊織は頷いた。そんな彼を満足そうに見やると、紅蓮はふうっと息を吐く。次の瞬間に伊織の前に現れたのは、獣頭の彼の、全裸の姿だった。

「わ、あ……あ、ああっ⁉」

「紅蓮さま、新しいお召しもの持ってきたよ！」

「早く着替えて！」

「ああ、ありがとう」

全裸の紅蓮は、特に恥ずかしがることもなく、狛狐たちの差し出した小袖と袴をまとう。筋肉の隆々とした彼の体は一見の価値があったけれど、恥ずかしさに伊織は彼を直視できず、着替えが終わるまでそっぽを向いていた。

「どうした、伊織」

彼が着替えたことにほっとし、紅蓮を見あげる。今は穏やかな彼の顔が、恐ろしく身震いするほどだった記憶は鮮やかで、伊織は彼に答えることができなかった。

（ああやって、境内に……神聖な場所に入ってくる、悪しきものを追い払うために）

伊織は、自分の胸がどくどくと脈を打っていることに気がついた。瞼《まぶた》の裏には先ほどの紅蓮の姿が焼きついていて、離れない。紅蓮は手を差し伸べてきて、慌てて伊織はそれを取って立ちあがったけれど、彼をまともに見られなくて、きびすを返すと逃げてしまった。

（あんな、凄まじいことが……）

心臓はなおも激しく動いている。小袖の上から、それを押さえた。

（紅蓮が、あんな姿になるなんて）

わかっている、あれは紅蓮の職務のひとつなのだ。務めを果たしただけの彼に、これほど心を揺り動かされるなんて。

（あんな姿で……戦うんだ。あんな、顔をして）

自分に与えられている部屋に入り、障子を閉めて、ほっとした。息を吐きながらその場に座り込み、いまだに鮮やかな紅蓮の姿を思い返す。

また見たいような、それでいて見たくないと思うのは——あの雄々しい姿に惹《ひ》かれているのか、それともあんな恐ろしいことがまた起こることを恐れているのか。自分でも整理のつかない感覚を持て余したまま、伊織は大きくため息をついた。

（紅蓮って……）

月明かりだけがぼんやりと光る中、伊織は紅蓮の変化した姿を思い浮かべていた。そして、ぶるりと身を震わせる。

障子を少し開けて、外の様子を窺《うかが》った。人の声や物音は聞こえず、紅蓮たちも部屋に戻ったのかもしれない。伊織はまわりを窺って、そしてそっと障子を閉めた。

第三章　ご神体の在り処《あか》

秋麗国の気候は、いつも一定だ。

暑くなく、寒くなく。人間の世界では今は冬のはずだけれど、小袖と袴姿で屋外にいても、まったく不自由することはない。

「ほら、熱いから気をつけて」

「はーい！」

「はいはーい！」

稲ちゃんは木箱の上に乗って、朝食の鍋の中身をかきまわしている。それをほーちゃんが見つめていた。味噌《みそ》のいい匂いが台所に漂っている。

伊織は茶碗に炊きたての米をよそっている。膳の上には鮭《さけ》の焼き身が乗っていて、それらを目に伊織はほぅとため息をついた。

「どうしたの？」

「伊織、なにかあった？」

子供たちが、口々にそう言う。伊織は微笑んで言った。

「ごはんがあるって、幸せだなぁって思って」

「幸せ？　幸せ？」

「伊織、幸せ？」

うん、と伊織は頷いた。

「稲ちゃんとほーちゃんは、幸せじゃない？　こうやっていっぱい、食べるものがあること」

「幸せ！」

「幸せだよぅ！」

ふたりは声を合わせて歌い出し、そこに紅蓮が入ってきた。

「紅蓮さま！」

「ずいぶんと、賑やかだな」

「紅蓮さま、ごはんの時間だよぅ！」

子供たちの声に紅蓮は頷き、伊織の手にしている茶碗に手を伸ばす。

「ここに置けばいいのだな？」

「あ、はい。ありがとうございます」

四人で配膳をし、台所から、表の様子が見える吹き抜けの廊下を渡ったところにある八畳の座敷に運ぶ。ふたりずつ向かい合って膳を置き、手を合わせて「いただきます」をする。

「わー、美味しそう！」

「美味しいよね、絶対！」

子供たちが食事を前にはしゃぐ。紅蓮はその姿に目を細めているし、伊織も茶碗から湯気を立たせている飯の白さ柔らかさ、茄子《なす》といんげんの入った味噌汁の香りよさ、ちょうどいいくらいに焦げ目のついた鮭の切り身の香ばしさ。それに添えるたくあんにキャベツの浅漬けという、なんとも食欲をそそる膳の中身に、思わずにこにこしてしまう。

「美味しいね！」

「うん、美味しい美味しい！」

子供たちが騒ぎ、紅蓮が「そう騒ぐな」と窘めている。それすらもが幸福の象徴で、伊織は目を細めてその光景を見ていた。

それはそうやって、皆が和やかに食事を進めているときだった。

「あ……？」

声をあげたのは、稲ちゃんだった。ほーちゃんも同時に振り返り、伊織がそちらに視線を向けると、体軀《たいく》の大きな男性が――しかも紅蓮のように獣頭である――が立っているのがわかった。

「だ、れ……？」

伊織は思わず声を立てた。その獣頭は、紅蓮とは少しばかり違う。つやつやとした毛並みは灰色で、青い瞳がぎらりと光っている。その眼光に、少しだけたじろいだ。

(狼……?)

もちろん、とうに滅びた動物だ。本やテレビでしか見たことのない伊織には確信があるわけではなかったけれど、一見するとそう見えた。

狼の頭を持つ獣人は、座敷から庭を臨める障子の向こうから現れた。青い狩衣を着ている。灰色の袴を穿いていて、足には草履を履いていた。彼が土足であがってきていることに気がついた伊織は声をあげようとして、しかし紅蓮の声に遮られた。

「雷切《らいきり》」

低い声でそう言ったのは、紅蓮だった。伊織は驚いて、彼を見た。

「久しいな、紅蓮」

雷切と呼ばれた狼頭の者は、そう言った。どうやらふたりは、知り合いらしい。しかし仲のいい友達などではないことは、明らかだ。

「なにしに来たんだ!」

「帰って、帰って!」

稲ちゃんとほーちゃんが、狐の本性むき出しに唸り声をあげている。座敷に漂う常ならぬ空気に、伊織は緊張した。

「そう嫌わなくとも、いいではないか」

そう言って雷切は、広間に入ってきた。ずかずかと伊織の前にやってきて、その二の腕を握った。ぐいと引っ張られて、伊織はバランスを崩して倒れそうになった。

「立て。ほら、さっさと立たぬか」

「な、なにっ！」

横柄な口調にむっとした。伊織は反射的に、雷切の手を振り払う。しかし腕を離してはもらえなかった。彼は少し驚いた顔をしたけれど、にやりと笑って顔を近づけてくる。

「なかなか気の強い人間だ。私の言うことに逆らうとはな」

「やめろ、雷切」

低く、怒りを孕《はら》んだ口調で紅蓮が言った。彼は畳を蹴《け》ってふたりのもとに駆け寄り、自分の胸に伊織を抱き寄せた。彼の強い力、大きく広い胸にどきりとする。

「なるほど、おまえはこの人間に、愛着があると」

紅蓮は、あたりに響き渡るような唸り声をあげた。その声に、彼の獣としての本性を知ったような気がして伊織は身震いをする。

「おまえには関係のないことだ……さっさと去《い》ね」

「なんということはない。ただ、この秋麗国に人間が現れたと聞いたからな。なんとも珍しきことだ」

彼もほかの神々同様に、好奇心により姿を現したのだ。しかし今まで訪ねてきた神々とは違う。彼の好奇心には、よからぬものが感じられる。

紅蓮は改めて腕を伸ばす。伊織の腰に腕をまわし、ぐいと引き寄せた。伊織は驚いて体の均衡を保とうとし、しかし紅蓮の腕の中に倒れ込んでしまう。

「わ、わ、わっ」

伊織の体を紅蓮は抱きしめ、その琥珀色の瞳を鋭く雷切に向けている。

「伊織は、見世ものではない」

「伊織というのか。そうかそうか」

雷切は余裕を見せてそう笑い、ちらりと子供たちのほうを見た。

「出ていって！」

「帰って、帰って！」

ほぅ、と雷切は目を眇めた。

「私はずいぶん、歓迎されているようだなぁ」

違う！　と稲ちゃんが叫ぶ。ほーちゃんも歯を剝《む》いて、雷切への警戒心を隠さない。

「しかし、このような貧乏神社に歓迎されても、嬉しくはない」

雷切は、にやりとした笑みを浮かべながらそう言った。その言葉に、伊織はむっとした。

「伊織、おまえもそうだろう？　こんな貧乏神社にいても、いい目は見れまい？」

貧乏神社だというのは残念ながら事実だったので、伊織は言い返すことができなかった。しかし雷切の発言は、控えめに言っても腹立たしいものであったので、伊織は精いっぱい、彼を睨みつけた。

「おお、恐ろしい」

やはり伊織を冷やかすように、雷切は言った。

「人間のくせに、そのような生意気な顔ができるのだな。おお、恐ろしい」

「なんなんですか、あなた……」

業を煮やして、伊織は言った。

「勝手にやってきて、好きなことばかり」

紅蓮に抱きしめられたまま、伊織は声をあげた。そして紅蓮を振り返る。

「紅蓮も、腹が立たないんですか？　こんな……誰か知らないけれど、好き放題に言わせて」

「愚か者を相手にするつもりはない」

紅蓮は、冷ややかにそう言った。その口調に伊織はどきりとしたけれど、雷切は紅蓮の言葉にむっとしたらしい。

「私を愚か者とは……狐のくせに」

毒々しい口調で、雷切はそう言った。

「私を怒らせようとは、自惚《うぬぼ》れも甚《はなは》だしい」

「そんなこと言って、もう怒ってるくせに？」

伊織がそう言ってやると、雷切は今度こそ本当に恐ろしいまなざしで、伊織を睨んだ。

「私こそ、愚か者を相手にするつもりはない」

しかし自身でどうにか怒りを治めたのか、冷ややかな口調で雷切は言った。

「ご神体のない神社になど、存在意義はない」

なおも伊織がどきりとすることを、雷切は言った。とっさに紅蓮の顔を見ると、彼の表情は強張っているかのように見えた。それは微《かす》かな変化だったので気のせいかもしれないけれど、しかし伊織にはそう見えたのだ。

「見ろ」

どこか悔しげに、雷切は言う。

「鬼丸《おにまる》さまも、私を選んだのだ。そのことが、すべてを表していよう」

(鬼丸？)

雷切の出した名に、伊織は首を傾げた。雷切は説明してくれなかったし、紅蓮もなにも言わなかったので、その名が出てきた理由はわからない。

子供たちを見ると、なおも歯を剝いて雷切を睨んでいる。その顔を見るとやはり狐の化身だと納得できるような、野性味の溢《あふ》れた顔だった。

「この神社を振り返る者がいないのも、無理はなかろう。鬼丸さまが私を選んだのも、当然だ」

そう言って、雷切は高笑いをした。しかしその笑い声に応《こた》える者はその場に誰もいなかったので、雷切は少し居心地の悪そうな顔をした。

「おい、人間」

雷切がそう言ったけれど、伊織が自分のことだと気づくには、少し時間がかかった。

「ここを出たくなったら私を呼べ。いつでも迎えに来てやろう」

「いりませんよ……」

むっとしながら伊織が言うと、雷切は不機嫌そうに顔を歪《ゆが》めた。

「まぁ、おまえもそのうちわかる。このような貧乏社よりも、我が住処《すみか》のほうがよほど居心地がいいということにな」

そして雷切は、紅蓮を睨む。その視線は今までのどれよりも厳しかったけれど、紅蓮はわざとなのか気づいていないのか、視線を逸らせている。そんな紅蓮をなおも睨みながら、雷切は吐き捨てた。

「狐は、小狡《こずる》い。おまえもせいぜい、騙《だま》されないようにしろ」

雷切は捨て台詞《すぜりふ》のようにそう言って、そしてきびすを返した。彼が縁側に出ると、ざあっと大きく風が吹く。次の瞬間には彼の姿はなくなっていて、伊織は何度もまばたきをした。

「なんだったんだ、あれ……」

独り言のように伊織が言うと、紅蓮が伊織のほうを見る。いかにも気に入らないといった、唸る声で答えてくれた。

「道雪《どうせつ》神社の、眷属だ。狼の化身で、雷切という」

「やっぱり、狼なんだ……」

自分の見立ては正しかったと、伊織は頷く。そんな伊織に、紅蓮は低い声で続ける。

「道雪神社では、古来から狼を眷属としている。しかしそれ以外……昔からあった狼信仰は、今では狐信仰に取って代わられている」

ふっと、紅蓮は息をついた。

「そのことが、あやつは気に入らんのだ」

「そんな……紅蓮のせいじゃないでしょうに」

雷切の心の不条理さに、伊織は腹立たしくなってしまった。ひとりでぷんぷんしていると、そんな伊織に紅蓮が笑った。

「まぁ、それが気に入らないのだから仕方がない。狼信仰が狐信仰に取って代わられたこと……逆の立場だと考えると、その気持ちもわからんでもない」

「紅蓮は、鷹揚すぎますすよ」

なおも怒りながら伊織が言うと、紅蓮は少し頷いて、言った。

「私とて、雷切を好きだとは言いかねるからな」

「それはそうでしょう……あたりまえです！」

伊織が色めき立つと、子供たちが「そうだそうだ！」と唱和する。

「そうでなくても、あんなに偉そうなの。なにを偉そぶってるのか知らないけど、あんな態度取ることないと思います」

「そうそう！」

「雷切さまは、偉そうだよ！」

子供たちも揃って声をあげる。しかしその中で、紅蓮は難しい顔をして小さく唸っているばかりなのだ。彼には、雷切ばかりを責めるつもりはないらしい。その意図がわからなくて、伊織は彼の心を探ろうとする。

（紅蓮は、怒ってるわけじゃないのかな）

伊織は、じっと紅蓮を見た。伊織の視線に気づいたらしい紅蓮は、首を傾げて伊織を見返してくる。

「あの、雷切が言ってた……鬼丸って」

そう言うと、紅蓮はますます険しい顔をした。

（訊いちゃいけないことなのかな）

伊織はにわかに不安になったけれど、口に出してしまったことは引っ込めることができない。伊織は紅蓮の顔色を窺って、すると彼は、ゆっくりと口を開いた。

「鬼丸は、神の……我が稲荷の主神の取っている姿のうちの、ひとつだ」

「へぇ」

驚いた伊織は、紅蓮の言葉の続きを待った。

「神さまが、ほかの姿を取ることってあるんですね」

そうだよ、と稲ちゃんが声をあげた。

「物の形になったり、動物の形になったり」

「風とか空気とかになったりもするよ！」

ほーちゃんが同調した。風？　と伊織はますます驚くばかりだ。そんな伊織に、紅蓮は言った。

「鬼丸さまは、太刀《たち》だ。我が飛泉稲荷は、宇迦之御魂神の化身である鬼丸という太刀を、ご神体としている」

「刀が、ご神体って……」

伊織の中で、ぴんとつながるものがある。思わず彼は声をあげて、紅蓮に驚いた顔をされた。

「やっぱり、こっちでもそうなんですね」

記憶を辿りながら、伊織は言った。

「人間界の飛泉稲荷もそうです。ご神体は刀だったんだって。でもご神体、今は行方不明になっていて……」

そう伊織が言うと、紅蓮はますます苦々しい顔をした。彼の顔を見つめて、すると視線を返されて、そのまっすぐな視線に伊織は戸惑った。

「人間界では、どういう事情で行方不明になっているのだ？」

紅蓮の問いに、伊織は答えた。諸説あって、戦乱の時代に奪われたとか、戦後の混乱の中で失われたとか。そういう曖昧な情報をだ。

「そうか」

伊織の話に、紅蓮はゆっくりと頷いた。そして伊織のほうに向き直る。

「真実は……同じ飛泉稲荷でも、こちらでは事情が違う」

紅蓮は、聞いているだけで辛そうなため息をついた。

「すべて、私が悪いのだ」

「どういうことですか？」

ちらりと子供たちを見ると、彼らも顔を曇らせている。見かけは小さな子供だけれど、狛狐として長く生きているに違いない。彼らも、これから語られるであろう事情を知っているのだろう。

紅蓮は、静かに話をはじめた。

「どのくらい昔になるのか……もう、覚えておらぬ。私と雷切は、鬼丸さまを巡って争った。それだけ鬼丸さまは、霊力の強い……誰もが欲しがる凄まじい力を持つ刀剣だった」

「それは……」

さもあらん、と伊織は思った。なにしろ、神の化身のひとつの形なのだ。想像もできないような強大な力が秘められているのだろうし、それを欲しがる者がいても不思議ではないと想像できる。

「争いに敗れたのは、私だ」

「え」

低い声で紅蓮が言ったのに、伊織は声をあげた。思わず紅蓮の顔を見て、すると彼は視線を逸らせてしまう。

「いや、だから鬼丸がここにはないんだとは思ってましたが……でも、どうして？　どうして紅蓮が負けたんです？」

どういう経緯で負けたのかはわからない。それに伊織は、自分が紅蓮側の人間だからか、紅蓮が変身して戦った凄まじい姿を見たせいか、どうしても紅蓮が負けたというのに納得がいかない。

紅蓮は、それ以上はなにも言わず、苦い顔をしている。これ以上尋ねるのは酷かと伊織がたじろいでいると、声をあげたのは稲ちゃんだった。

「雷切は、ずるい手を使ったんだよ！」

するとほーちゃんも言葉を続けた。

「そうそう。紅蓮さまに、毒を飲ませたんだよ！」

「毒？」

ぎょっとして、伊織は声を立てた。紅蓮を見ると、彼はこれ以上はないくらいに苦い顔をしている。

「私が迂闊《うかつ》に、やつの盃などを受けたからだ」

「でも、毒なんて……」

固唾を呑みながら、伊織は言った。

「盃を受けたってことは、そのときは少なくとも友好的だったたってことでしょう？」

今現在のように仲が悪ければ、盃を受けるなどということはしないはずだ。先ほどのふたりを見ていると、仲がよかったことがあるなど想像もできないけれど、確かにそういう時期もあったということだ。

「あやつは最初から、鬼丸さまを狙っていた」

苦々しい口調で、紅蓮は言った。

「そのうえで、私に近づいたのだ。最初はにこやかに……温和に、な」

伊織にとっての雷切は、すっかり悪い者であるから、彼がにこやかにしているところなど想像できないけれど。しかし雷切には、そういう演技をこなすだけの賢しさはあるだろうと想像できた。

「そのようなやつの、本性を見抜けなかった私に落ち度があったのだ」

紅蓮の自省の言葉は、伊織に痛く響いた。思わず固唾を呑んで、紅蓮を見つめる。彼は目を伏せていて、自分の過ちを深く反省しているように見えた。

「でも、そんな……紅蓮のせいじゃ、ないじゃないですか」

「そう言ってくれるのか、おまえは」

どこか安堵した声で言って、紅蓮は伊織の頭に手を乗せた。撫でてくれているらしい。伊織は恥ずかしくなって、紅蓮から顔を逸らせた。

「毒を盛ったりとか、ただごとじゃないです。紅蓮はもっと、怒ってもいい」

興奮気味に伊織が言うが、しかし紅蓮は自分の落ち度を責めているようだ。伊織はそんな紅蓮に同情し、同時に雷切に対する怒りが治まらない。

「怒ったといって、鬼丸さまが戻ってくるわけではなかろう？　これでもいろいろと手を尽くしてきたのだ。しかし道雪神社には、さまざまな罠《わな》が仕掛けられていてな」

「罠？」

伊織が問い返すと、紅蓮はますます難しい顔をした。

「あの神社には、強力な結界が仕掛けられている。我々は、迂闊に近づくこともできない」

結界、と伊織は呟いた。伊織にとってはマンガやアニメでしか見たことのないようなものが、この世界にはあたりまえに存在するのだ。そのことに改めて驚いた。

「私とて、道雪神社には何度も訪れた。鬼丸さまは、宝物殿の奥で眠っている……しかし私には、近づくことすらできなかった。あの神社の神も鬼丸さまを気に入って、側《そば》に置いておきたいらしい」

紅蓮は、悲痛なため息をついた。そんな紅蓮の、憂いを帯びた琥珀色の目に伊織は見とれ、子供たちに「伊織、大丈夫だよ」と励まされた。

「ご神体がなくても、僕たちはこうやってやっていけている。そりゃ、鬼丸さまにはいてほしいけれど……」

ほーちゃんが、奇妙に大人びたため息をついた。それを耳にしながら、伊織は紅蓮を見る。彼はまだ、自分を責めているようだ。

「紅蓮が、そんなふうに気に病むことはないと思う」

伊織が言うと、紅蓮は少し驚いた顔をした。

「奪われたんなら、取り返しにいけばいい。結界とか、人間の俺には関係ないかもしれないし」

「しかし、おまえに無理をさせるわけにはいかない」

慌てたように紅蓮が言うので、伊織は目をしばたたかせた。

「おまえは、この世界では異端だ。おまえが迂闊に手を出すと、なにが起こるか。私にも計り知れんのだ」

「心配してくれるのは嬉しいけど」

紅蓮を見つめて、伊織は言う。

「でも、もとの世界の飛泉稲荷も、ご神体が失われてて……それがこの世界の事情と、まったく関係ないとは思えないんです」

「そうかもしれぬ、が」

伊織の言葉にも、紅蓮は半信半疑だ。

「おまえの身に、なにかあってからでは遅いのだ」

言い聞かせるように、紅蓮は言った。

「気持ちは受け取ろう……おまえは、今までどおりでいい。突飛な行為に走るくらいなら、狛狐たちと遊んでいろ」

紅蓮は手を伸ばして、狛狐たちの頭を撫でる。ふたりは気持ちよさそうに目を細めた。

「突飛な行動って……」

いったいどういうことを指しているのだろう。伊織が道場破りならぬ、神社破りでもすると思ったのだろうか。さすがの伊織にも、それほどの度胸はなかった。

「でも、紅蓮……このままで、いいの？」

上目遣いに彼を見あげると、紅蓮は落ち着いた表情で伊織を見ている。鬼丸のことはどうでもいいのか、それとも諦《あきら》めているのか。そう思うとどうしてももどかしく、伊織は手を閉じたり開いたりした。

「仕方がなかろう。鬼丸さまのいない今、私も充分戦える力がない。今の状態で雷切に対抗することはできない」

「そんな……」

それでは、八方塞《ふさ》がりではないか。伊織は呻いたけれど、紅蓮はなおも子供たちの頭を撫で、彼らの歓声に目を細めている。

（このままで、いいはずがない）

彼らの様子を見ながら、伊織は考えた。

（この世界の飛泉稲荷も、もとの世界の飛泉稲荷も……このままじゃいけない。ご神体がないなんて、大黒柱がないようなものだもんな）

紅蓮にじゃれついている子供たちを見ながら、伊織は考えた。もとの世界にいたころは、このようなことを思ったりはしなかったのに。もとの世界ではただの出仕だったけれど、やはりこちらに来てからはより深いところにまで関わって、いろいろ考えることがあるからだろうか。

(俺に、なにかできるだろうか……)

縁側には、優しい暖かい風が吹いた。それが髪を揺らすのを感じながら、伊織は境内を見まわす。一見平和そうに見える光景だけれど、ここにはご神体の消失という大きな出来事があって、しかも誰にもどうすることもできないのだ。

(俺は、自分のできることをしたい)

途中だった食事を終え、三人は仲よさげに遊んでいる。そんな中、伊織はひとり物思いに沈んでいた。

「伊織」

呼びかけられて、顔をあげた。目の前には紅蓮がいて、伊織ににっこりと微笑みかけてくる。

「おまえに、いいものを見せてやろう」

「いいもの……?」

そうだ、と紅蓮は言うと、紅葉している桜の木の傍らに立った。

「桜……」

「見ていろ」

彼は桜の幹に、手を置いた。顔をあげて、なにかを呟いている。伊織と狛狐たちは、じっとそれを見つめていた。

「うわ……？」

桜の木全体が、少し揺れたような気がした。伊織は何度もまばたきをし、すると目の前の光景が少しずつ色を変えていくのがわかる。

「え、え……？」

赤く紅葉していた桜の木が、一面のピンクに彩られる。あっという間に桜の木には、赤の葉と一緒にピンクの花が咲きこぼれている。見たこともない光景が目の前にあった。

「な、に……これ」

「わぁ、すごい！」

「紅蓮さま、すごいすごい！」

狛狐たちがはしゃいでいる。その横で伊織は、唖然と目を見開いている。

「なん、なんですか……これは」

「私は、神の眷属」

桜の幹に手を置いて、紅蓮は言った。

「神を楽しませるのも、また仕事。こうやって草木に話しかけ、花を咲かせたり、実をつけさせたり。このようなことは、朝飯前だ」

「へ、へぇ……」

伊織は驚きのあまり、まばたきをも忘れていた。ややあってぱちぱちと目をしばたたかせるけれど、紅葉した桜の木に花がついているという驚くべき光景は、そのままだった。

「いいんですか、こんな」

「こんな、とはなんだ」

紅蓮は少し不機嫌そうな顔をした。伊織は「いえいえ」と慌てて首を横に振った。

「そういう意味じゃないです。ただ……神に捧げる技なのに、俺なんかに見せていいのかなって」

「もちろん、いいに決まっている」

なにを言うのだ、というように紅蓮は言った。

「神は、人間たちが身も心も豊かになることを望んでおられる。こうやって不思議な技を見せて、人間の心を慰めることも、また神の望み」

そして伊織に向かって、にっこりと微笑んだ。

「どうだ、慰められたか？」

「もちろんです」

今度は伊織は、何度も縦に首を振った。

「こんな……すごいものを見ることができるなんて……思いもしませんでした」

「そうかそうか」

伊織の感嘆に、紅蓮は満足したようだ。桜の木を離れて伊織の隣に座り、そしてまた微笑んでくる。

「感心したか？」

「あたりまえです……」

花をつけた秋の桜と、紅蓮を交互に見やって伊織は言う。そんな伊織の膝に、稲ちゃんがぽんと飛び乗ってきた。

「すごいでしょ？　すごいでしょ？」

「紅蓮さまは、すごいんだから！」

ほーちゃんは紅蓮の膝に乗り、得意げに胸を張った。彼らの姿を微笑ましく見ながら、伊織は桜の木に目をやった。

（本当に、神さま……とか、その眷属とか。こういうことってあるんだ）

神主でありながら、今ひとつ神を信じる気持ちが薄かった伊織だ。しかしこうやってその不思議な力を目の当たりにすると、ここが異世界であるということを差し引いても驚かざるを得ない。納得せざるを得ない。

「本当に、すごいんだな」

伊織がそう呟くと、紅蓮は満足そうな顔をして彼を見つめていた。

その夜も、伊織は夢を見ていた。

伊織はもとの世界の、自宅の居間にいて、テーブルを挟んで向かいには、父と兄が座っている。伊織は身を乗り出して、彼らに質問をぶつけていた。

「この稲荷のご神体って、刀なんだよね？」

「ああ」

父親の答えは簡単だった。それが今は行方知れずになっているということ、またその理由も、伊織の知っているとおりだった。

「まったく行方不明？」

「そうだな、残念ながら」

腕を組んで、兄が言う。わかっていたことだけれど、伊織はがっかりしてしまった。

「こっちの世界では、道雪神社にあるらしいんだ。でも眷属とか狛狐では、取り返すことができないって。あの……結界とか、張ってあって」

結界、などと日常的ではない言葉を口にするのは、いささか緊張したけれど、父も兄も、特に冷やかす様子もなく、腕を組んでいる。

「そのような神社に、心当たりはないな」

「こちらでは、名前が違うだけかもしれないが」

そう言われてしまえば、手がかりもない。伊織は肩をすくめてうつむいた。

「こっちの飛泉稲荷が厳しいのは、ご神体がないせいだと思うんだ。だから、なにか心当たりがあったら……」

「もちろん、心当たりがあればおまえに言うよ」

父親が、そう言って伊織の肩に手を置いた。

「しかし……ご神体を取り戻すなんて、私にはその方法はわからない。私たちにできるのはせいぜい、こちらで境内の清浄を保つことくらいだよ」

「うん……そうだね」

伊織はうつむいたままそう言った。父と兄は、気の毒そうな顔をして伊織を見ている。

「ごめん、心配かけて」

「そのようなことはいいんだ……こうやって、おまえが元気なことを知ることができたらね」

父が伊織の肩をぽんぽんと叩き、その拍子に、伊織は秋麗国で目が覚めた。

第四章　キスの意味は

朝早く起きての境内の掃除は、伊織の習慣である。

もとの世界にいたころはもちろん、秋麗国でもそれを欠かしたことはない。今朝《けさ》も箒《ほうき》を使っている伊織のもとに、やっと目覚めたらしい狛狐《こまきつね》たちがまとわりついてきた。

「伊織、おはよう！」

「おはよう！」

ふたりの子供の頭を撫《な》でてやると、彼らは嬉《うれ》しげに笑った。稲ちゃんとほーちゃんの笑顔を見ていると、抱えている憂いのことなど、どこかに吹き飛んでしまうような気がする。

「今日のごはんはなに？」

「朝ごはん、なに？」

「今日は、お供えものに卵をいただいたから、スクランブルエッグにしようと思うんだ」

狛狐たちは、揃《そろ》って不思議そうに首を傾《かし》げる。

「すくらんぶるえっぐ？」

「ああ、卵を混ぜて、ふわふわに焼く食べもの」

「ふわふわ！」

稲ちゃんが嬉しげに声をあげる。首を傾げたまま、ほーちゃんが弾んだ声で尋ねてきた。

「美味《おい》しい？　美味しい？」

「少なくとも、俺は好きだな」

伊織の言葉に、ふたりは喜んではしゃぎはじめた。箒で掃いた玉砂利を乱していくものだから、せっかくの掃除がやり直しだ。伊織はふたりをとめるべく、声をあげようとした。

「……あ？」

ざあっ、と大きな風が吹いた。まるで台風のような突風だ。伊織は反射的に目もとに手を当て、舞いあがる砂が目に入らないようにした。

「う、ぁ……？」

一瞬のつむじ風に、伊織はさらわれてしまったようだ。体が浮き、箒を手放してしまう。疾風に呑《の》まれてあたふたとしている間に風は止《や》んで、伊織はどこ知れぬ場所に座り込んでいた。

「なに……？」

顔をあげる。朱塗りの建物、敷かれた玉砂利。慣れ親しんでいる神社の様相である。しかしこの光景には見覚えはない。ここは飛泉稲荷ではないらしい。

「どこ……ここ」

目の前の拝殿は、飛泉稲荷と比べものにならないほど大きい。どこもかしこもぴかぴかに磨きあげられていて、一見して規模の大きな神社であることが知れる。

見あげるほどの拝殿の左右には大きな一斗樽《いっとだる》がいくつも並べてあった。正面にぶら下げてある鈴もきらきらに磨かれていて、鈴緒も色褪《いろあ》せることなく鮮やかな色目を見せている。

その向こうにあるのは本殿らしく、ひとまわり大きく、吊《つ》り下げられた飾りの色も華々しい。いかにも神社のご神体が収められている場所という印象だ。

左手の向こうに見えるのは、宝物殿だろう。やはり鮮やかな朱塗りで、扉も窓もしっかりと閉まっている。

伊織は立ちあがった。風に吹かれて服に入り込んだ埃《ほこり》を払っていると、目の前に現れたのは雷切だった。

「な、なんで！　雷切！」

「なんだ、その驚きかたは」

彼は腰に手を置いて、じっと伊織を見つめている。伊織も彼に視線を向けながら、しかしあまりにもまじまじと見つめられ、つい目線を逸《そ》らしてしまった。

「ここは、道雪神社だ」

雷切の言葉に、伊織は「ああ」と頷《うなず》いた。あの風は、雷切の仕業だったのだ。伊織はまわりを見まわした。稲ちゃんもほーちゃんも、もちろん紅蓮の姿もない。にわかに心細くなりながら、伊織は雷切を見た。

「なんですか、あの風。俺をさらったの？」

「さらうなどと、人聞きの悪いことを」

そう言って、雷切は笑った。伊織を見下しているような、気分のよくない笑いかただ。

彼は目を眇《すが》めて伊織を見、手を伸ばしてその顎《あご》をすくった。くいと上を向かされて、伊織はきっと視線を尖《とが》らせた。

「なに、するんだ」

「伊織といったか」

雷切には、伊織の心など慮《おもんぱか》る気持ちはないらしい。横柄な口調でそう言った。

「あのような貧乏稲荷よりも、こちらのほうがいいだろう？」

「え……？」

彼の言葉に、伊織は目を見開いた。

「見てのとおり、我が神社は規模も、参拝者の数も比べものにならない。おまえもあんな貧乏神社にいないで、我が住処《すみか》の一員となれ」

「そんなこと……」

伊織は雷切から一歩離れた。雷切が、不機嫌そうな顔をする。

「どうして、俺を誘うんですか？　どうしてこんなことまでして、構うんですか？」

雷切は、伊織の作った距離をすぐに狭めてしまった。じっと見つめてくる、狼《おおかみ》の野生を宿した瞳《ひとみ》に、伊織はたじろいだ。

「おまえが欲しい」

伊織はぎょっとした。雷切は、薄笑みを浮かべている。

「ほ、欲しいって……？」

「そのとおりの意味だ。私は紅蓮から、おまえを奪う」

そう言って、雷切はくすくすと笑った。伊織はといえば、唖然《あぜん》として彼を見つめているばかりである。

「な、なんで……俺なんか」

「おまえは、私の見たことのない種類の人間だ」

興味のほどを隠しもせずに、雷切は言った。

「秋麗国に人間が現れるのはな、それほど珍しいことではない」

「そうなんですか……」

自分だけが異端のような気がしていたから、伊織は少しほっとした。自分のような前例がいるということは、帰ることのできた者もいるのではないか。伊織の胸には、そのような希望が去来した。

そんな伊織を見やって、雷切は言った。

「しかしほとんどの人間は、長くを過ごすことができずに、死ぬ」

伊織は驚きとともに、目を見開いた。そんな伊織の反応を、雷切は楽しそうに見ている。

そして伊織の言葉を待たずに、続けた。

「ここは神の国だ。神々の放つ気に当てられて、弱い人間などすぐに死んでしまうのだ」

思わず胸に手を置きながら、伊織は雷切を見つめている。そんな彼の反応が予想どおりだったのか、雷切はますます笑顔を濃くする。

「ところが、おまえは死なない。それどころか、ぴんぴんしているではないか」

「そんなこと、俺には……」

伊織には、まったく心当たりのないことである。その理由などわかりっこないが、雷切にはわかるというのだろうか。

「理由なんて、俺にはわからないですよ？」

「それはそうだろう。私たちにも、わからない」

そう言って雷切は、少しだけ気に入らないという顔をした。

「だからこそ、珍しいのだ。私に興味を持たれるなど、光栄なことだと思え？」

「そんな……自分勝手な」

伊織が不平を述べると、雷切はますます嫌な表情を浮かべた。

「それなのにおまえは、あんなところにいる」

「あんなところ……？」

言うのも嫌だというように、雷切は口を動かした。

「飛泉稲荷だ」

「俺があそこにいることで、あなたに迷惑をかけていますか？」

つっけんどんな口調で、伊織は雷切に声をぶつける。

「あなたには、関係ないと思いますけど」

「関係なくはないな」

雷切は、思わせぶりな調子でそう言った。

「おまえのような珍しい存在が、あんな神社を選んだということが、私には腹立たしい」

「別に俺が選んだんじゃない、たまたまです」

伊織に、選択の余地などなかった。もちろんだからといって、不満があるわけではないのだけれど。

「しかしおまえは……」

雷切は、眇めた目で伊織を見た。

「たまただと言いながらも、あそこから出ていかない。ここにいればいいのに」

「それは……」

伊織は口ごもった。そんな彼の表情の意味を読み取ろうというように、雷切はじっと伊ていた。ふたりが伊織に飛びつい織を見ている。

「そ、れは……」

頭の中に、稲ちゃんとほーちゃんのかわいらしい姿が浮かぶ。ふたりが伊織に飛びついて、じゃれついてくるときのことを思い出す。

(紅蓮)

同時に浮かぶのは、獣頭の男のことだ。彼の笑っているところ、機嫌の悪そうな顔、伊織をじっと見つめてくる表情。伊織の胸は、どきりと鳴った。

(飛泉稲荷以外のところに行くなんて、考えられない)

彼らのことを思い出す伊織は、どのような顔をしていたのだろう。雷切は気に入らないといった顔をして、伊織を見ている。

「雷切は、ずるい手ばっかり使いますね」

伊織が言うと、雷切は心外だという顔をした。

「こうやって俺のことさらっておいて……一方的に、ここにいろとか言うし。それに、鬼丸のことだって」

「鬼丸だと?」

ここで鬼丸のことが出てきたのは、雷切にとって意外だったらしい。彼は目を見開いた。

「鬼丸を、返してください」

伊織が言うと、雷切は眉根《まゆね》を寄せた。

「あれは、飛泉稲荷のご神体……宇迦之御魂神《うかのみたまのかみ》の姿のひとつなんです。ご神体のないままの神社なんて、困るんです」

いちいち説明されなくてもわかっている、という顔を雷切はした。

「それは、困るだろうな。それをわかっていて、私は鬼丸さまを奪ったのだから」

「なんでそんなことするんですか！」

伊織は声を荒らげた。しかし雷切は、そんな伊織の様子を見ているのが楽しいとでもいうように、腕を組んでにやにやと笑っている。その笑みは、どこか誇らしげにさえ見える。その表情に、伊織は苛立《いらだ》った声をあげた。

「紅蓮たちを、困らせようとしてるんですか？　だとしたら、その狙《ねら》いは間違いなく当たってますけれどね」

「そうだろう、そうだろう」

満足げに雷切は言った。伊織は、そんな雷切を睨《にら》みつけた。しかし彼には、伊織の視線は効いていないようだ。

「狐なんぞを眷属《けんぞく》にしているなど、恥ずべきことだ。鬼丸さまも、我が敷地内にあってこそ、その輝きを放つことができるというもの」

「そんな、身勝手な……」

伊織は呆《あき》れたけれど、雷切はそれこそが自分の正義だというように顎を反らせている。まともに話をしても通じる相手ではない。伊織は諦《あきら》めて、ため息をついた。

「とにかく、鬼丸は返してください」

「それはできぬ相談だ」

「もともとはあなたのものじゃないんだから、こっちには返してもらう権利がある」

伊織がきつい口調でそう言うと、雷切は目をみはった。

「権利だと？　なにをもって、そのようなことを言っているのだ」

ふたりは不毛な言い争いを続けた。しかし立場は、現実として鬼丸を持っている雷切のほうが確実に上なのである。機嫌を損ねて彼がますます頑《かたく》なに鬼丸の返却を拒んでは、元も子もない。

「鬼丸さまも、おまえも……なにもかも、私たちものにしてやる。この道雪神社を輝かせる、礎《いしずえ》になるのだ」

不穏な声で雷切は言って、一歩近づいてくる。驚いた伊織の顎に指を絡め、雷切はぐいと彼を引き寄せた。

「な、にを……！」

キスができそうな距離だ。伊織は動揺して、顔を背けた。そんな彼の反応に気をよくしたらしく、雷切はにやにやと笑っている。

「私が乱暴な手に出る前に、素直に私のものになれ。そのほうが、お互いに幸せだぞ？」

「俺は、幸せじゃない……」

喘《あえ》ぐように、伊織は言った。このままだと、本当に礎とやらにされてしまう。そのことに心底焦りながら、伊織は雷切から逃げようとした。

また、大きく風が舞う。反射的に伊織は目をつぶり、風が止んで目の前に現れたのは、狐の獣頭の男だった。

「紅蓮！」

伊織は思わず叫ぶ。雷切の手から逃れて紅蓮のもとに駆け寄り、その後ろに隠れて雷切を見た。

「迎えに来たのか。熱心なことだな」

呆れたように雷切が言う。彼は紅蓮たちに近づき、伊織の手を引いた。伊織は逆らって、するとぎゅうぎゅうと手を引っ張られる。痛みに伊織は声をあげた。

「離せ。伊織に触れるな」

厳しい声でそう言ったのは、紅蓮だった。伊織が振り払ったので雷切は手を離したけれど、なおもにやにやとふたりを見ている視線は変わらない。

「なるほど、それだけの執着があるということか」

紅蓮はひとつ、びくりと体を震わせた。そして雷切を睨みつける。伊織の視線にはなにひとつ反応しなかったのに、さすがに紅蓮のまなざしには力があるらしい。

「鬼丸だけではない、その人間も……我がものとしてやろうか」

「ふざけるな！」

伊織が驚くくらいの声をあげて、紅蓮は手をかざした。なにを、と伊織が驚く間もなく、紅蓮の手の中からは勢いよく、花火が光を放つような気が生まれた。

「わ、っ！」

それは光の塊となって雷切の足もとにぶつかり、大きく弾《はじ》けた。雷切は驚いた顔をしてそれを避《よ》け、そして紅蓮の顔を見やった。

「まだ、このようなことができるのか」

「ふざけるな……舐《な》めてもらっては困る」

呻《うめ》くように紅蓮は言った。彼は再び光の珠を雷切にぶつけ、しかし雷切も同時に手のひらから光を放って、あたりは夜の星が一気に落ちてきたような、眩《まぶ》しいばかりの閃光《せんこう》に包まれた。

「伊織、退《ど》いていろ」

紅蓮の言葉どおり、伊織は急いでふたりから遠のいた。紅蓮は顔の前に手をかざし、雷切は両手を開いて立っている。それぞれの手のひらには眩しい光が珠になっていて、それが神の眷属たる彼らの、力の形なのだと伊織は唾《つば》を飲んだ。

「は、あっ！」

気合いの声とともに、ふたりが光の珠を放つ。同時にそれぞれが避けたので光は玉砂利の上に落ちたけれど、じゅう、と白い煙をあげて消えていく光には、一撃でも身に受ければただでは済まないことが感じ取れる。

「ちぃぃ！」

雷切が舌打ちをし、腰を落として低い位置から光を放つ。それを避けた体勢のまま紅蓮も手のひらをかざし、生まれた光はまばたきの間に雷切の衣の袖を掠《かす》めて、焼け焦げを作った。

「小癪《こしゃく》な……」

低い声で雷切は呻いた。衣の袖だから大したダメージにはなっていなかっただろうけれど、攻撃を受けたというだけで雷切には衝撃だったのだろう。

紅蓮は両手をかざして、また光を放った。雷切は今度はそれを素早く避け、自らも光塊を飛ばした。立て続けにふたつを放ち、今度は紅蓮が、袴《はかま》に穴を開けられる番だった。

「紅蓮！」

伊織は思わず声をあげてしまう。紅蓮は振り返らなかったけれど、少し息があがっているのがわかる。彼らの力の使いかたの理屈はわからないけれど、さぞ体力を使う行為なのだろう。

「貴様、力など残っていないくせに……！」

雷切は悔しそうにそう言った。彼の視線がちらりと、伊織に向けられたことがわかる。伊織は思わずひとつ震えて、拝殿の柱の陰に隠れた。

そんな伊織を見たのだろう。雷切は素早く手をかざし、光を放ってくる。ふたつの塊が一気に放たれ、ひとつは紅蓮を狙ったが、彼は手のひらでそれを受け止めた。しかしもうひとつが、伊織のもとに飛んでくる。

「が、っ……！」

伊織はそれを避けようとしたけれど、速度は思っていたよりもずっと速かった。光の珠は伊織の横腹を掠めて弾けた。

「伊織！」

叫んだのは紅蓮だ。しかし伊織には、彼の姿を確かめるだけの余裕がなかった。踏みしめる足に力がこもらず、その場にうずくまってしまう。

紅蓮が駆けてくる。伊織を抱きあげ、その鋭い目を曇らせた。

「雷切……人間に害をなすとは、それでも神の眷属か」

「その人間が、ぼやぼやしているのが悪い」

そう言いながらも、雷切は少しばかり決まり悪そうな顔をした。伊織はちらりと雷切を見たけれど、しかし脇腹《わきばら》の痛みに彼の表情に注視するどころではない。痛むところを押さ

えると、ぬるりとした感覚があって驚いた。

「わ、わわっ！」

伊織が声をあげたのは、突然抱きあげられたからだ。紅蓮の逞《たくま》しい腕は伊織を抱え、彼の目は激しく雷切を睨みつけた。

「今日は、ここまでだ」

鋭い声で紅蓮は言った。

「このままで終わると思うな？　この貸しは、高くつくぞ？」

「猪口才《ちょこざい》な……」

雷切は呻いたけれど、それ以上攻撃を仕掛けてはこなかった。紅蓮は小さくなにかを呟《つぶや》き、すると大きなつむじ風が起こった。

「っ……！」

あがる風に、脇腹の傷が触れて痛む。伊織が思わず声をあげると、紅蓮が焦燥したような声で訊《き》いてくる。

「痛むか」

「う……、痛い」

風はまたたく間に止んで、気づけば伊織は見慣れた飛泉稲荷にいた。社務所の縁側に下ろされて、するとそこに狛狐たちがぱたぱたと駆けてくる。

「うわっ、伊織！」

「ひどい傷！」

そう言われてはじめて、伊織は自分の傷が思いのほか深いことに気がついた。触れたときぬるりと感じたのは、自分の血だったのだ。

紅蓮はそっと、伊織を縁側に寝かせてくれた。飛泉稲荷に帰ってきたこと、紅蓮や狛狐たちが目の前にいることに安堵《あんど》すると、にわかに脇腹の痛みが激しくなってきた。

「いた……っ……！」

「おまえたち、薬と布だ。新しい衣服も。早く！」

鋭い声で紅蓮は言って、狛狐たちが素早い返事とともに駆け出す。紅蓮はてきぱきと、それでいて痛みを最小限に抑えるべく丁寧に、伊織の服を脱がせてくれた。さすがに裸にされると少々寒さが沁《し》み込んできた。

「肉を少し抉《えぐ》ってはいるが……骨にまで影響はないようだ」

「え……」

そう言われると、自分はどれだけの傷を負ったのかと不安になる。脱がされた小袖をちらりと見ると血まみれで、その色に一瞬気が遠くなった。

「紅蓮さま、お薬！」

「布だよ！」

狛狐たちの差し出してくるものに紅蓮は頷き、まずは濡《ぬ》れた布で傷のまわりを拭《ふ》く。それだけで傷はずくずくと痛んだ。

「痛むか、悪いな……」

「紅蓮が、悪いわけじゃない」

精いっぱいの声でそう言うと、紅蓮はふっと微《かす》かに笑みを浮かべた。それでいて、続くどこかさみしそうな声音に伊織は、はっとする。

「おまえは、我慢強いな」

「別に、そんなことありません……痛いものは、痛いです」

伊織の声は自分でも情けなく響き、紅蓮は少し微笑《ほほえ》むような様子を見せた。

「では、少し我慢しろ。薬は、沁みるぞ」

「うげ……」

情けない声をあげた伊織に、紅蓮は微かに笑った。血を拭《ぬぐ》われて、なにかぬるぬるとした薬を塗られる。それが言われた以上に思いのほか沁みて、伊織は悲鳴をあげた。

「痛っ……痛いです！」

「我慢しろ、この薬は神の妙薬……三日もすればもとに戻っていることだろう」

紅蓮は軽くそう言って、伊織に微笑みかける。

「そんなに早く治る薬なんて、あるんですか」

「おまえにはわからないかもしれないけれど、ここは神の国だ。あまねく神は、人間の運命に絡みついて存在している。薬にしても、より人間に効果があるのはあたりまえだ」

「あたりまえ……」

紅蓮の言葉の意味が少しわかりづらくて、伊織はまばたきをした。その間にも紅蓮は手早く伊織の傷に布を巻いてくれて、そして簡単な単衣《ひとえ》を着せられた。

「しばらく、養生しておけ」

障子がすっと開いて驚くと、狛狐たちが得意げな顔をして現れた。

「お布団、敷いておきました」

「伊織は元気になるまで、おとなしくしておくんだよ」

ありがとう、と伊織は狛狐たちに頭を下げた。彼らは大きなしっぽを揺らしながら、得意げな顔をしている。

紅蓮が膝《ひざ》を立て、伊織は首を傾げる前に再び彼に抱き起こされていた。

「い、いいです！　このくらいの距離、自分で歩けますって！」

「無理をしてはいけない」

窘《たしな》める口調で、紅蓮は言った。

「いくら効能のある薬でも、無理をすれば治りは遅くなる。ましてや、あの雷切にやられた傷だ。慎重に過ぎることはない」

「はい……」

紅蓮の手で、布団に横たえられる。あたりはまだ明るいのに横になっている罪悪感も多少はあるが、しかし薬を塗ってもらっても痛むものは痛む。紅蓮は掛け布団をかけてくれて、伊織はほっと息をついた。

「新しい布、取ってくるね」

「お薬、煎《せん》じてくるね」

そう言って、狛狐たちはまた駆け出していった。ふわふわのしっぽを揺らしながら去っていく子供たちを見送りながら、伊織は紅蓮のほうを見た。

「疲れただろう？　眠いなら、眠るといい」

「……はい」

目をつぶろうと思った。しかし伊織の目は紅蓮のまなざしを捉《とら》えて、その色にどきりとした。

「どうしたんですか、紅蓮……？」

彼は伊織をじっと見て、そして呻くように呟いた。

「雷切のやつ……許さない」

伊織は目を見開いた。紅蓮の口調がいつもとは違う、憎しみを込めたものであったのが驚きを誘ったのだ。

「人間に手をかけるとは」

「あれは……俺も悪かったんです」

雷切をかばうつもりではないけれど、紅蓮が怒っている以上、焼け石に水とはいえ伊織は黙っているわけにはいかなかった。

「俺がうまく、避けられなかったから」

「あの雷切とはいえ、一応は神の眷属だ」

なおも怒りを隠さずに、紅蓮は言った。

「その程度の計算ができずに、どうする。眷属同士の争いに人間を巻き込むとは、神の眷属としての誇りがない」

「そうかも……しれませんけど」

伊織は、口の中でもごもごと言った。

「雷切をかばうのか」

そんな伊織に、紅蓮は怒りの感情を隠さない。

「おまえは、甘い。この程度の傷でよかったものの、あいつの力をまともに受けていたら、死んでいたかもしれないのだぞ」

そう言われて、ぞっとした。掛布を引きあげて目だけで紅蓮を見ると、確かに彼は怒っている。いつもどこか浮世離れしていて淡々とした性格だと思っていた紅蓮の、まったく新しい一面だった。

「雷切……決して、許さない」

「そんなふうに、言わなくても」

そんな紅蓮を宥《なだ》めるように、伊織は言う。

「怪我《けが》はしたけど、俺はこのとおり……元気だし。すぐに傷は治るんでしょう?」

「それとこれとは、話が別だ」

なおも怒りの口調のまま、紅蓮は吐き捨てるように言う。

「人間を……伊織を巻き込んで。鬼丸さまを奪われたときとは、状況が違うのだぞ?」

雷切の手管にいいようにされて、鬼丸を奪われたこと——そのほうがおおごとだと思うのだけれど。しかし紅蓮にとっては、人間を巻き込むことのほうが罪深いことらしい。

「紅蓮」

ふいと思いついて、伊織は言う。

「復讐とか……しないでくださいね? またあんなことがあったら、俺は紅蓮の身のうえが心配だ」

「伊織がそう言うのなら……根には持つまい」

不承不承というように、紅蓮はため息をついた。

「しかし私は、雷切に思い知らせてやらねば気が済まぬのだ。人間を巻き込んだこと然《しか》り、こうやって伊織が怪我をしていること然り」

またふつふつと、怒りが湧《わ》いてきたらしい。そのように厳しい紅蓮の顔は、見たことがない。脇腹の痛みをこらえながら、伊織は驚いて彼を見つめていた。

「俺の怪我なんて、どうでもいいじゃないですか」

そのような表情をしている紅蓮を慰めたくて、伊織はそう言った。

「沁みる薬も塗ってもらったし、すぐにではなくても、もとどおりになれるから……」

根には持たないと言いながら、紅蓮にはまだ抑えきれないものがあるらしい。伊織を見て小さく息を吐くと、あぐらの足を組み替えた。

「それに、鬼丸のことですけど」

話題を変えようと伊織が言うと、紅蓮はちらりと伊織を見やった。

「鬼丸が、道雪神社にあることは確実みたいなので……どうにかして取り戻さなくちゃ」

「鬼丸さま、か」

その話題も、紅蓮の怒りを抑えるには足りなかったらしい。伊織は布団の中で、少し肩をすくめた。

「鬼丸を取り返したら、この稲荷ももっと栄えるんじゃないんですか？　そうしたら紅蓮だって、雷切に引けを取ることなんてないと思うのに」

「今は、鬼丸さまのことはどうでもいい」

苛立った調子で、紅蓮は言った。

「私は……みすみすおまえを怪我させたことが、悔しい」

「だから、紅蓮のせいじゃないですって」

話題がもとに戻ってしまいそうで、伊織は慌てた。

「鬼丸がいれば、この稲荷もまた栄えるんじゃないですか？　参拝者が増えたら、ここだってもっと賑《にぎ》わって……紅蓮にも、力が」

紅蓮は、苦々しい顔で伊織を見ている。よけいなことを言ってしまったかと伊織は焦ったけれど、紅蓮は深く息を吐くばかりだ。

「そのようなことよりも、雷切がおまえに興味を示していることが問題だ」

低く呻く声で、紅蓮は言った。

「雷切がおまえにただならぬ興味を持っていることはわかっている……私が間に合わなかったら、おまえがどういう目に遭っていたか。想像するのも恐ろしい」

「そんな……」

確かに雷切に興味を持たれていることは、伊織にとっても喜ばしいことではない。しかし伊織は、自分の身のことなどより、鬼丸が戻ってくるかどうかということのほうが重要に思えた。

「俺に……そんな価値があるかどうかはわからないですけど、俺と引き換えに鬼丸が戻ってきたら、それはそれでいいと思うんです」

「伊織！」

紅蓮が大きな声をあげて、伊織はびくりとした。

「なに、紅蓮……？」

ふと、顔に影が落ちた。なにかと思うと紅蓮が顔を近づけてきていて、驚く間もなく柔らかいものが唇に触れた。

「ん、ん……」

呼吸を奪われて、伊織は目を白黒させる。唇にはなにか濡れたものが触れて、そっとその形をなぞられた。

「あ、あ……？」

そうやって何度か、唇をなぞるような動きが続いた。キスされているのだ、と気づくのと、柔らかいものが去っていくのは同時だった。

「紅蓮……？」

吐息が触れ合う間近にいる紅蓮は、ふっと小さく笑った。それでいてどこか落ち着かなく、伊織のことをまっすぐに見られないというようだ。

「な、にを……？」

紅蓮はなにも言わず、そのまま立ちあがった。そしてどこか荒々しい足取りで部屋を出ていってしまう。

動けない伊織は、その後ろ姿を見つめていた。彼の姿が見えなくなって、伊織はやっと、紅蓮にキスされた、という具体的な事実に気がついた。

（ど、どうして……？）

紅蓮の行為の、理由がわからない。伊織は何度もまばたきをして、混乱している頭の整理をしようとする。

（紅蓮、どうして俺に……キスなんか）

頬《ほお》が、かっと熱くなっていくのがわかる。子供でもあるまいし、キスする理由なんてひとつしかない。しかし伊織には、その事実を受け止めることができなかった。

（だって俺たちは……なんでもないし。なんたって、男同士だし!?）

伊織はとっさに、手で顔を覆った。頬が熱くなっているのを感じる。これは照れているという感情なのだろうか。しかし相手がかわいい女の子ならともかく、男性にキスされて恥ずかしがる理由がわからない。

（どうしちゃったんだろう、俺）

布団の中で落ち着いていられず、伊織はごろりと転がった。すると傷が痛んで、反射的に悲鳴をあげる。

（紅蓮の顔が、見られない。紅蓮の近くに、いられない）

そう思うと胸にちくりと刺さるものがあったけれど、それ以上に羞恥《しゅうち》が走る。とはいえ、そう大きくもない神社の敷地だ、紅蓮に会わずに生活できるわけもなく、避けることもできないだろう。

（どうしたらいいんだろう……）

傷はなおもずくずくと痛んだけれど、今の伊織はそれどころではない。唇に残った感覚は鮮やかに、伊織を苛《さいな》んで離れてくれない。

なによりも、紅蓮の意図がわからないのだ。伊織を慰めてくれたのだろうか。それにしては行為の選択が謎《なぞ》すぎる。この世界では怪我をした者を労《いた》わるためにキスをするのだろうか。母親が子供にする、痛いの痛いの飛んでいけ、的な。

（そんな気持ちで、キスするものなのかな？）

それにしては、舌を使ってくる生々しいキスだった。まるで恋人同士がするような。そう考えると、顔の熱さはますますひどくなる。

（どういう意図でキスしたのか、教えてくれないかな……？）

いっそ紅蓮に直接尋ねたほうが、この心の引っかかりは晴れるのだろう。しかし彼が、素直に教えてくれるとは限らない。

（まさか、稲ちゃんとほーちゃんに訊くわけにもいかない）

布団の中で悶《もだ》えていると、ぱたぱたと複数の足音がした。はっと顔をあげると、まさに今考えていたふたりが姿を現した。

「伊織、大丈夫？」

「お薬、持ってきたよ」

ほーちゃんの手には膳《ぜん》があって、その上に椀《わん》が載っていた。温かそうな、湯気が立っている。

「苦いお薬だけど、我慢してね」

「お薬飲めば、痛いのがなくなるから」

「ありがとう……」

ふたりは口々にそう言って、伊織が布団から起きるのを、薬を飲むのを手伝ってくれる。

「うわ……本当に、まずい」

「だめだよ、ちゃんと飲まなきゃ」

伊織が顔をしかめると、稲ちゃんが窘めた。

「まずいけど、全部飲むの」

「飲んだら、また寝てもいいよ」

狛狐たちが、競うように伊織の世話をしたがるのが微笑ましい。伊織はおとなしく苦い薬を飲み、痛む脇腹をかばう体勢で横になった。

「あの……」

「ん？」

「なに？」

狛狐たちは、伊織の枕《まくら》もとにちょんと正座している。なにごとも不備がないようにとでもいうのか、じっとふたりに見つめられているのだが、どうにも落ち着かない。伊織は、体をもぞもぞさせた。

「俺、ひとりで平気だから。そこにいなくてもいいよ？」

伊織の言葉に、狛狐たちは互いを見た。大きな目が、くるくると動いている。

「でも、心配だから」

「そんな大怪我して、大丈夫なわけないよ」

怪我をして、伊織の心は弱っているのだろうか。狛狐たちの言葉が身に沁みて、伊織は思わず涙ぐみそうになった。

「伊織の看病、してあげる」

「なにか欲しいものがあったら、言ってね」

ふたりはとても甲斐甲斐《かいがい》しい。怪我はやはり痛むけれど、こうやって自分を労わってくれる誰《だれ》かがいることは、とても心安らぐことだ。

「じゃあ……お言葉に甘えて」

伊織は横になったまま、狛狐たちと話をした。主にはふたりの好奇心を満たすべく、伊織がもとの世界のことを話した。しゃべっているうちに伊織はだんだん眠くなって、いつの間にか眠っていたようだ。

「……ん？」

目が覚めたのは、真夜中だったらしい。空気がひんやりと冷たい。あたりは暗く、部屋の隅に火の入った行灯《あんどん》がひとつ置いてあるのは、夜中に目覚めた伊織に不安を抱かせないようにという気遣いなのだろう。

（あれ……？）

その灯《あか》りに揺れて、立っている人影がある。高い身長、狐の顔。立派な体軀《たいく》に、ふわふわとした大きなしっぽ。

（紅蓮）

とっさに影の正体を見破った伊織は、そのまま寝ているふりをした。目が覚めてはいたが、なんとはなしに気まずかったのだ。紅蓮は、ずっと伊織を見つめているようだ。

（なにしてるんだろう……紅蓮）

彼がどういう意図で、そこに立っているのかはわからない。とっさに寝たふりをしたせいもあるけれど、伊織は今さら自分が起きていることを知らしめることもできず、ただただじっとしていた。

「伊織」

名を呼ばれて、はっとした。紅蓮は伊織の枕もとにしゃがみ込み、やはりじっと伊織の顔を見る。居心地の悪さに、もういっそがばっと起きて、寝たふりをしたことを謝るべきだろうかと腹を括《くく》ったとき、紅蓮が顔を寄せてきた。

「伊織」

彼は微かにささやいて、その声の調子にどきりとした。紅蓮にはもちろんこの鼓動が伝わっているわけはなく、彼は伊織が目覚めていることなど気づいてもいないようで、そのまま顔を近づける。

「……ん」

頰に、柔らかいものが押し当てられた。その感覚に思わずうっとりとしたけれど、声に出すわけにはいかない。伊織は全身を硬直させて紅蓮のキスを受け止めた。

彼は優しくキスをしただけで、離れてしまった。紅蓮が体を起こし、立ちあがり、畳の上を歩いていく気配が感じ取れる。彼が障子を開けて出ていってしまったことにほっと息をつきながら、伊織は己の心に戸惑っていた。

(俺……紅蓮にキスされて、喜んでる)

それは、まごうかたなき事実だった。彼の意図はわからずとも、そのキスの感覚を、伊織は恋しく思っている。もう一度してくれたらいいのに。そんな願いを抱きながらも、自ら立ちあがって彼を追いかける勇気はなく、ただ布団の中で悶絶《もんぜつ》しているばかりなのだ。

（どうして紅蓮は、俺にキスするんだろう）

伊織は、考えても詮《せん》ないことを繰り返し思った。

（どうして俺は、キスされて喜んでるんだろう）

いくら秋麗国、一年中穏やかな気候の国とはいえ、夜は冷える。伊織は肩の上まで布団を引きあげて、そしてまたため息をついた。

（恋……とか、そういうこと？）

その言葉に、伊織は胸が爆発しそうになった。思わず胸に手を当てて、心臓がどくどくと跳ねているのが感じられる。頰は触れてみるまでもなく熱いし、これではまるで――恋ではないか。

（うわぁぁぁ！）

辛うじて声には出さず、伊織は叫んだ。布団の中に潜り込み、真っ暗な中で自分の心を反芻《はんすう》してみる。

（そりゃ確かに、紅蓮のことは、好き……だけど）

しかし、と伊織は自分の考えを制御した。

（それって、友情みたいなものじゃないのか？　この世界で世話になって、いろいろ助けてもらったりして……もちろん、好きには違いないけど）

自分のこの気持ちが、どういう形のものなのか。今の伊織には判ずる材料がない。なにしろ今までにこういう経験はなくて、どういうふうに捉えていいものかわからないのだ。

（紅蓮は、どういうつもりで俺にキスを……？）

結局、考えは堂々巡りをしてそこに行き着く。

（気持ちが聞きたい。……けど、そんな勇気はない）

伊織は、布団の中でもぞもぞと動いた。

（紅蓮には、自分の気持ちがちゃんとわかってるのかな。わかってて、俺にキスするのかな）

考えれば考えるほど、伊織は混乱してしまう。いっそ寝てしまって、真夜中に考えを巡らせるのをやめたいと思うのだけれど。しかし今まで寝ていたせいで、眠くはない。

（紅蓮……紅蓮）

心のうちで、伊織は声をあげた。それに応《こた》えてくれる者は当然誰もおらず、伊織はなおも、悶々とした気持ちのまま、夜明けを迎えることになる。

□

さすがに、神の世界の妙薬だとでもいおうか。

伊織の怪我は間もなく、少しの傷跡を残しただけで、治った。毎日狛狐たちが薬を塗ってくれるごとに、傷が塞《ふさ》がっていくのがわかる。痛みも驚くほどの早さで引いていき、三日もすれば、起きあがって動きまわれるほどに回復した。

「伊織が元気になって、よかった」

起きあがり、布団の上にあぐらをかいている伊織は、稲ちゃんの言葉に頷いた。

「最初、血まみれで帰ってきたときには、どうなるかと思った」

「心配かけて、ごめん」

伊織が頭を下げると、狛狐たちはふたりとも揃って胸の前で手を振った。

「そりゃもちろん、心配はしたけど。けど伊織は治るって、わかってたから」

「紅蓮さまのお作りになった薬だもんね、効いて当然だよね！」

狛狐たちの言葉に、伊織は目を見開いた。

「紅蓮が作ったの？」

「そりゃ、紅蓮さまだもん」

自分が褒められたかのように胸を張って、狛狐たちは言う。

「薬を作ったり、手当てをするのだって朝飯前だよ。伊織だって、実感したんじゃないの？」

「でも、薬とか紅蓮が作ったなんて……知らなかった」

伊織が感心した声をあげると、狛狐たちはますます得意げな顔をする。そしてそっと、伊織の怪我の部分に触れてきた。

「ね？　もう痛くないでしょ？」

「うん……平気」

狛狐たちは、揃って笑った。彼らの明るい笑い声に誘われるまま伊織も笑い、寝室は三人の笑い声で満たされた。

「伊織が元気になったって、紅蓮さまに言ってくるよ！」

稲ちゃんが立ちあがろうとし、伊織はとっさに、彼を引き止めてしまった。

「いや……紅蓮には、いい」

「どうして？」

ほーちゃんが、不思議そうに尋ねてくる。

「紅蓮さまこそ、伊織のこと心配してるのに。早く教えてあげなくちゃ」

「それは、そうなんだけど」

ふたりの不思議そうな表情を前に、伊織は懸命に顔の紅潮を悟られまいとした。

「紅蓮には、俺から言うから」

「そう？」

稲ちゃんは少し不満そうに、ふわふわのしっぽをぱたぱたとさせた。

「じゃあ、早く言ってあげて。紅蓮さま、心配してると思う」

「うん……」

しかし伊織には、紅蓮に会えない理由があった。なにしろ、二回もキスをされたのである。その意味を尋ねるのは気が引けるし、ある意味で恐怖もあった。伊織には、紅蓮に会う勇気がなかった。

「それよりも」

伊織がそう言うと、狛狐たちは頭の上の耳をぴくりとさせた。

「俺は、鬼丸を取り戻したい」

出てきた名前に、今度はふたりのしっぽがぴくぴくと動いた。

「雷切のもとにあるのは、確かなんだ。どうしたらいいのかわからないけど……鬼丸が返ってきたら、ここももっと賑やかな神社になると思うんだ」

「それは、もちろんそうだけど」

不安そうな口調で言ったのは、稲ちゃんだった。

「どうするの？　今まで、紅蓮さまにだって無理だったんだ。伊織に、なにか考えでもあるの？」

腕を組んで、伊織は首を傾げた。

「具体的に策があるわけじゃないけど……俺はどうやら、特殊な人間みたいだから」

雷切に言われた、普通の人間は神の気に当てられると死んでしまうということを思い出した。伊織はそうではないということ、その理由はわからないということ。

「紅蓮や、ふたりにできないことができるかもしれない。もしかして、それが鬼丸を取り戻す役に立つかも」

「でも伊織、怪我が治ったばっかりなのに」

心配そうに、ほーちゃんが言った。

「もっとひどいことになったらどうするの？　怪我で済まないようなことになったら……」

「それは、わからない」

腕を組んだまま、伊織は言った。

「わからないけど……やってみる価値はあると思うんだ」

きっぱりと伊織がそう言うと、狛狐たちは顔を見合わせた。ふたりのしっぽが、同時にぱたん、と床を叩《たた》く。

「手伝ってくれる？」

「それは、もちろん」

ふたりは声を合わせた。

「鬼丸さまが返ってきたら、それ以上のことはないもん」

ねぇ、とふたりは互いを見やって言う。

「でも、どうするの？」

「紅蓮さまに、言わなくていいの？」

ふたりの立て続けの質問に、伊織はあわあわと口ごもった。

「紅蓮には……俺から、言うから」

「そうなの？」

ふたりは首を傾げた。うん、と伊織は頷く。このように複雑な思いを抱いたままでは、紅蓮に会うことなどできないと思った。

「紅蓮さまに秘密のままってのもいいかもね！」

稲ちゃんが、いたずらを思いついたような顔をして声をあげた。

「鬼丸さまを取り戻してきて、びっくりしてもらうんだよ！」

ほーちゃんも声を合わせた。それでいいのかと思わないでもないけれど、今の伊織は、紅蓮の顔を見ることができないのである。

「じゃ、善は急げだ」

勢いよく、稲ちゃんが立ちあがる。つられたようにほーちゃんも立った。

「どうやって鬼丸さまを取り戻すの？　伊織には、考えがあるの？」

「道雪神社に行くしかないだろうな」

伊織がそう言うと、ふたりは少し不安げな顔をした。無理もない、と伊織は思う。

「ばれないように、こっそりだ。こっそり、鬼丸を取り戻してくるんだ」

「なんだか、面白そうだね！」

「こっそりっていいね、こっそり！」

一瞬の不安げな表情はどこへやら、ふたりは好奇心に駆られたのか、ぴょんぴょんと飛びあがって喜んでいる。そのかわいらしいさまに、伊織はつい微笑んでしまう。

伊織はまとっていた寝間着を着替え、小袖と袴の姿になった。寝室から出ると、あたりを窺《うかが》いながら玉砂利の上を歩く。鳥居を出るとなんとなくほっとした気持ちになって、伊織は空を見あげる。筆ですっとなぞったような白い雲がたなびいている。気持ちのいい天気だと、伊織は思った。

「早く行くよ！」

「ほら、伊織。早く早く！」

狛狐たちに急《せ》かされて、伊織は先を急いだ。以前は雷切の起こした風にさらわれて無理に連れていかれた道雪神社だったけれど、狛狐たちが場所を知っていた。彼らについて行きながら、伊織は少し身震いをする。

「どうしたの？」

稲ちゃんが目敏《めざと》く、そんな伊織を見やって言う。

「まだ怪我、痛いの？」

「ううん、大丈夫」

伊織は首を振って言う。

「ちょっと……緊張してるだけ」

「そりゃ、緊張もするよね！」

元気いっぱいに、ほーちゃんが言った。

「もしかして、鬼丸さまを取り戻せるかもしれないいんだもん！」

「鬼丸さまが、返ってくるかもしれないいんだもん！」

「そうだね……」

そう言われてみると、自分はずいぶんと突拍子もないことをしようとしているのではないかと思う。雷切に奪われたのがいつごろかは知らないけれど、ずっと、本来ならあるべきではないところに保管されてきた刀剣である。それをもとの場所に取り戻そうとしているのだ。一筋縄でいくものなのかどうか、そしてうまく成功するのかどうか。

「取り戻せたら、伊織はものすごい人間ってことになるね！」

「飛泉稲荷の、大人物だよ！」

「プレッシャー、かけないで……」

子供たちの言葉に、一抹の不安を抱きながら伊織は歩く。鳥居を出ると砂利道で、なだらかな坂になっている。遠目にはいくつもの山の稜線《りょうせん》が見えた。細い、複雑な通りを渡って、やがて目の前に見えてきたのは、朱塗りの色も鮮やかな、大きな神社だった。

「道雪神社」

そうだ、と言わんばかりに狛狐たちはしっぽを振った。その表情は少しばかり緊張している。

「表から、堂々と入る勇気はないな……」

「裏口があるはずだよ。こっち」

ほーちゃんが、稲ちゃんと伊織の先導をする。その慣れた様子から、ともすればほーちゃんは以前にも、こうやって道雪神社にこっそりと忍び込んだことがあるのかもしれないと思った。

表の華々しさとは打って変わって、裏の光景は飛泉稲荷とそう変わらない。生垣も裏門も、その気になればひょいと飛び越えてしまえそうだ。

「こっち、こっち」

ほーちゃんが手招きをする。そこにはやや煤《すす》けた朱塗りの小さな門があって、伊織が押してみると、微かな軋《きし》みとともに開いた。

「わ、開いた！」

「開かないと、ここに来た意味がないよ」

やけにクールなことをほーちゃんは言って、そして大胆にも中にずかずかと入っていく。

と思った。

急かされて、伊織は恐る恐る足を踏み入れた。裏庭には大きな桜の木があって、葉は赤や黄色に染まっている。雷切にも、紅蓮が見せてくれたような技を使うことはできるのか、と思った。

ここから入れば、正面が拝殿、右手に伸びている回廊が宝物殿につながっているはずだ。確かに右手にはひときわ立派な建物があって、神社の宝を保存しておくのにふさわしい場所だと思った。

「こっちだと、思う」

「伊織、わかるの？」

稲ちゃんは、不思議そうにそう言った。伊織は頷く。

「勝手知ったる、ってやつだよ。神社なんて、どこも似たようなもんだし」

「すごいなぁ」

狛狐たちの賞賛を、少しばかりくすぐったく聞きながら、伊織は宝物殿であろう建物に向かった。しかしそこに近づくにつれて、子供たちの様子がおかしくなってきたのだ。

「痛っ……」

「痛い、痛いっ」

伊織は慌てた。うずくまってしまった狛狐たちと一緒にしゃがみ、顔を覗《のぞ》き込んだ。

「頭、痛い」

「痛いよ……頭、割れちゃいそう」

「そんな」

伊織はおろおろして、狛狐たちの顔を覗き込む。彼らは逃げるように宝物殿から遠のき、するとけろりとした表情をした。

「痛くなくなった」

「もう、平気」

え、と伊織は声をあげる。

「あんなに痛いって言ってたのに？」

「伊織は、痛くなかったの？」

稲ちゃんが首を傾げてそう尋ねてくる。

「俺は、全然」

「きっとね、きっとね…」

言葉を継いだのはほーちゃんだった。

「この神社には、結界が張られてる」

「……結界？」

そういえばそういうものもあったと、伊織は何度もまばたきをした。

「僕たち、神の眷属が入れないような……神さまだって、入れないかもしれない」

「そんな結界が、あるの？」

「道雪神社の神さまは、ずいぶん用心深いみたい」

宝物殿のほうを睨みながら、稲ちゃんが言った。

「ほかの神さまとか眷属とか……入れないようになってるんだよ」

「どうして、そんなこと」

不思議に思って伊織が言うと、狛狐ふたりは腕を組んだ。

「きっとここには、鬼丸さまだけじゃない……いろんな宝物がしまってあるんだ」

稲ちゃんが言った。

「その中には、ほかの神さまに知られたらまずいようなものもあるんだと思う」

「それこそ、鬼丸さまみたいな」

ほーちゃんも、声を揃えた。

「だから、僕たちは入れない」

「でも、伊織は人間だから……神さまの結界も通じないんじゃないかな」

伊織は思わず胸に手を置いた。

「伊織は、頭痛くとかならなかったんでしょう？」

稲ちゃんの問いに、伊織は頷いた。

「俺は、全然平気だった。ふたりが頭痛いって言い出すから、びっくりしたもん」

「伊織だったら、行ける」

ほーちゃんは、何度も首を縦に振った。

「伊織なら、あの結界を乗り越えられる」

三人は改めて宝物殿を見やり、ごくりと息を呑んだ。

「俺が、行っちゃっていいのかな？」

「伊織しか、行ける人いないもの」

稲ちゃんが、力強くそう言った。

「行ってみて。そして、鬼丸さまを取り戻して！」

「う、うん……」

ふたりに励まされて、伊織は戸惑いながら彼らに背を向けた。磨かれた朱塗りの建物に向かい、一歩を踏み出す。

足の下で、玉砂利がごりごりと音を立てる。足音をできるだけ潜めながら階段をあがり、縁側で大きくため息をついた。

目の前の扉は、閉まっている。当然だ、ともすればほかの神社の宝物を収めてある建物だ。そう易々《やすやす》と侵入者があっては困るだろう。狛狐のふたりがあれほどの反応を示すのだ、結界とやらもさぞ強いものなのだろう。

「……よしっ」

小さく気合いの声をあげて。伊織は扉の取っ手に手をかけた。ぐいと引っ張る。すると、扉はぎしぎしと音を立ててゆっくりと開いた。

「嘘《うそ》……」

鍵《かぎ》はかかっていないのだろうか。それとも伊織は人間だから、結界のように力が効かない、ということがあるのだろうか。

「お邪魔します……」

小さな声でそう言って、伊織は宝物殿に足を踏み入れる。中は暗くてひんやりとしていて、伊織はぶるりと身を震わせた。

「わ、っ！」

なにかと目が合った、と思えば、そこにあったのは龍《りゅう》の頭を模したふたつの置物だった。目の部分にガラスが使われていて、それが微かに光ったように感じられたのだ。

「びっくりした……」

そうでなくても中は暗いし、まるで見えない腕にでも押されているような、圧倒的な威圧感がある。宝物殿などに置かれるものだ、時を経た物質の持つオーラとでもいうのか、逆らえない感覚に囚《とら》われた伊織はたたらを踏んで、しかし尻込《しりご》みしている場合ではないと、己を鼓舞して奥に向かった。

宝物殿には、あらゆる神像や鏡、古書などが整然と並んで置いてあった。光が入らないのと、伊織を押し戻すような圧力ゆえに、なかなか前に進むことができない。

「……うん」

微かに声をあげてまた自分を励ましながら、伊織は先に進んだ。大きな絵馬に古びた書物、また狛狼の石像があって、この神社の眷属はやはり狼なのだ、と実感する。

「あ、っ」

目を凝らしてほうぼうを見つめていると、目に入ったのはひと振り、台の上に鎮座している刀剣だ。鈍く輝く緑の鞘《さや》に収まったそれは、自然に伊織の目を惹《ひ》いた。

（あれ、なのかな）

ごくりと息を呑み、伊織はその刀剣に近づいた。拵《こしら》えは緑と金色を使った見事な装飾で、美術品を見る趣味などない伊織も、その素晴らしさに見とれてしまったほどだ。

（俺には、わからないけど……でもなんだか、そういう気がする）

鬼丸の拵えがどういうものか、紅蓮に訊いておけばよかった。しかしまさか、自分がこういうことをする羽目になるとは思わなかったし、むやみに訊くようなことでもないだろう。

薄暗い中、伊織は刀剣と対峙《たいじ》した。白い布の上に鎮座した刀からは、どの宝物から感じたものよりも凄《すさ》まじい圧力を感じて、伊織は一歩、退いてしまった。

（やっぱり、これが）

恐る恐る手を伸ばして、刀剣を手にしようとしたときだ。がたん、と大きな音がして伊織は反射的に振り返った。

「なにをしている！」

外の光が逆光になって、その顔貌《がんぼう》はわからない。人影の頭の上に大きな耳があることは見て取れて、雷切かと思ったけれど声が違う。

「どこから忍び込んだ！」

「わ、っ、わわっ！」

思わず伊織は声をあげ、刀剣の前から飛びのいた。そのまま人影にくるりと背を向け、勢いよく駆け出す。

「わっ、伊織！」

入ってきたところから勢いよく出ると、宝物殿の向こうでは稲ちゃんとほーちゃんが、驚いた顔をしていた。

「どうしたの？」

「鬼丸さまは？」

「それどころじゃない、逃げないと！」

不思議そうな顔をしているふたりを促し、伊織は裏門を目指して走った。神社の敷地から出ると途端にほっとして、乱れた息をつきながら来た道を見やった。

「なにがあったの、伊織」

稲ちゃんも息を切らしながら、尋ねてくる。

「鬼丸さまは？　なかったの？」

なおもぜいぜい荒い呼吸をしながら、伊織は宝物殿での出来事を語った。

「それっぽいのはあったんだ。鬼丸のこと、見たことある？」

「あるよぉ」

ほーちゃんが、大きく頷いた。

「どんなの？」

「柄巻きは黒で、下げ緒は緑。鞘も螺鈿《らでん》の緑で、鞘尻《さやじり》には金があしらわれてる」

ひと息にそう言ったほーちゃんに、伊織は頷いた。

「やっぱり……あれだったのかな」

いくらつかまらずに逃げることができたとはいえ、いつまでもここでぼんやりしているわけにはいかない。三人は足早に道雪神社から離れながら、鬼丸のことについて話し合っていた。

「仮にも、神の化身だもん」

稲ちゃんが、声を弾ませながらそう言った。

「そんな気配、感じなかった？　普通の刀じゃないな、とか、そういうこと」

「俺は、普通の刀だって見たことないよ……」

伊織が肩を落とすと、ほーちゃんが手を伸ばしてきて、ぽんぽんと肩を叩いてくる。

「行く前に、話しておいたほうがよかったかな？　まさか、あんなことになるとは思わなかったから」

「俺も……しっかり情報収集しておくべきだった」

飛泉稲荷の鳥居が見えてきたところで、伊織は大きくため息をついた。

「伊織が入ったところ見られたってことは、警戒はますます強くなるだろうね」

困ったような口調で、稲ちゃんが言った。

「また、行っても。あんなふうにはいかないかも」

「でも、鬼丸は絶対に取り戻さなきゃ」

両手で拳《こぶし》を作りながら、伊織は言った。

「ここにも……俺のいた世界の飛泉稲荷にも、栄えてもらいたいんだ」

「伊織は頼りになるね」

狛狐たちは、口を揃えてそう言った。

「人間って、みんなそうなのかな？　それとも、伊織だけ？」

「それは……わからないけど」

鳥居をくぐり、社務所に向かいながら伊織は言った。

(もしかしてこれって、俺のエゴなのかな?)

賑わってもらいたいという気持ちは、この神の世界においてふさわしくない、生々しい欲望なのかもしれない。人間の欲、というべきだろうか。そのようなものは、秋麗国では忌むべきものなのかもしれないのだ。

(でも俺は、あんな紅蓮の顔を見たくないから)

雷切に見下されて反論できない紅蓮の、誇りを踏み潰《つぶ》されたような顔。まるでなにもかもを諦めたような、見ているだけでせつない表情。

神社が賑わってほしいのも事実だけれど、一番はあんな紅蓮の顔を見てしまったことにあるのだと、伊織はやっと気がついた。

(紅蓮には、元気でいてほしいんだ。あんな……自分を責めるような表情じゃなくて。もっと自信を持って、笑っててほしいんだ)

土間に入って、足を洗う。その間もずっと考え続けていた伊織は、狛狐たちに声をかけられて、はっとした。

「どうしたの? 黙っちゃって」

「いや、なんでも……」

伊織は慌ててそう言った。

「やっぱり、あの宝物殿……伊織にも影響、あった？」

「もう二度と行けないね、あそこ」

肩を落として、稲ちゃんが呟いた。

「警備も固くなるだろうし、結界も強くなると思う。そうなったら伊織だって平気かどうか、わからないし」

ふたりとも、しゅんとしている。伊織は慌てて、狛狐たちに声をかける。

「そんな、まだわからないじゃないか。ほかに、方法を考えて……」

「僕たちだって、いろいろ考えたよ？」

ほーちゃんが、抵抗するようにそう言った。

「いろいろやってみたけれど、だめだったんだ。やっぱりご神体のない稲荷なんて……力が、ないんだ」

「だめなんだ」

伊織がぎょっとしたことに、ほーちゃんの大きな瞳からは、ぽろぽろと涙が溢《あふ》れはじめた。驚いて稲ちゃんのほうを見ると、そちらも同じように泣いている。

「ちょっと、ちょっと！　泣かないで！」

「だって……」

「ねぇ？」

ふたりは泣きながら声を揃える。互いに抱き合って、おいおい泣き声をあげているのに、伊織はどう接していいのかわからない。

「泣くなよ……俺も泣きたくなっちゃうじゃないか」

ふたりを見ていると、伊織の鼻の奥もつんとしはじめた。予期せぬことに目の端からぽろりと涙がこぼれ落ちた伊織は、慌ててそれを指先で拭う。

「どうした」

いきなり声がかかって、驚いた。振り返ると土間の前に紅蓮がいて、不思議そうな顔で三人を見つめていた。

「皆、揃って……なにがあったんだ」

「ごめんなさい、紅蓮さま!」

稲ちゃんが叫んで、紅蓮に駆け寄るとその脚に抱きついた。稲ちゃんはまた声をあげて泣く。

「紅蓮さま、ごめんなさい!」

続けてほーちゃんが稲ちゃんに倣い、紅蓮はますます混乱したように驚きの表情だ。

「なにがあった、伊織」

「あ、あの……」

慌てて涙を拭いながら、伊織は答えた。

「道雪神社に、行ったんですけど」

その言葉に、紅蓮は少し眉をひそめた。

「鬼丸を取り戻せないかと思って。でも宝物殿には結界が張ってあるし、俺だけは中に入れたんですけど……見つかっちゃって」

「ばかなことを」

紅蓮は、伊織の報告を一蹴《いっしゅう》した。

「あそこは、言わば敵地だ。あそこほど、私たちと相容《あいい》れない場所もない」

厳しい紅蓮の声に、伊織は思わず身を小さくした。

「そのようなところに足を踏み入れるなど。……おまえたちがそのようなことをするとは、もっと強く窘めておけばよかった」

「すみません……」

ますます身を小さくして、伊織は謝る。紅蓮の脚に抱きついているふたりは泣くのをやめて、紅蓮の顔を見あげていた。

「でも、俺たち……俺は、鬼丸を取り戻したくて」

「その気持ちはありがたい……が」

紅蓮は言葉を切って、伊織を睨みつけた。

「それはおまえの仕事ではない。おまえには、そんな危険を冒してほしくない」

伊織は固唾《かたず》を呑んだ。紅蓮の目は今まで見た中でもっとも鋭く、頷く以外に選択肢を与えられてはいないのだということがわかる。

素直に伊織が頷いたことに、納得したのだろう。紅蓮はふっと、口もとに笑いを浮かべた。その表情を目にして、伊織はほっとする。

「おまえたちも、そう泣くな」

紅蓮は手を伸ばし、狛狐たちの頭を撫でた。

「私は、おまえたちがいてくれれば充分だ。なにも多くは求めまいよ」

「でも、紅蓮さま……！」

稲ちゃんが、紅蓮の脚に抱きつきながら声をあげる。

「紅蓮さまも、鬼丸さまに帰ってきてほしいでしょう？」

その言葉に、紅蓮の瞳が少しだけ揺らいだのを伊織は見た。

「だって紅蓮さま、いつもさみしいって顔、してる」

紅蓮はそう言ったほーちゃんを見下ろして、だからそのときの表情はわからなかった。

「鬼丸さまがいなくなってからだもんね？　ずっと紅蓮さま、悲しそうだから」

「おまえたち……」

狛狐たちの言葉に、紅蓮は言うことを失ってしまったかのようだ。絶句して子供たちを見ているさまは、ふたりの言葉があまりにも的確だったからなのだろう。

「おまえたちが、懸念することではない」

呻くように、紅蓮は言った。

「私とて、鬼丸さまのことを諦めたわけではない。ただ今は……時期ではないというだけのことだ」

紅蓮はそう言ったけれど、伊織はかえって焦燥を感じてしまった。時期というのは、いつ来るのだろう。神の眷属の寿命（どのくらいのものかは知らないけれど、短いものではないだろう）からすると、人間である伊織が焦るまでもない、もっとのんびりしていてもいいものなのかもしれない。

（でも）

どうして自分が、鬼丸を取り戻すことにこだわるのか。紅蓮の悲しそうな顔を見たくないという理由だと気がついた伊織は、早く取り返さないとどうしても気が急くのだ。

（俺が……普通の人間じゃないって言われた俺が、ここに来たのは）

稲ちゃんとほーちゃんの涙は、もう乾いている。楽しげに紅蓮にじゃれつく様子を見ながら、伊織はそのようなことを考えた。

（鬼丸を取り戻すため……そう思うのは、間違ってるのかな）

運命というものが仮にあるなら、伊織の背負った運命は、それなのかもしれない。そのために存在していると考えても、間違いではないと思えるのだ。

「どうした、伊織」

紅蓮に声をかけられて、はっとした。

「伊織、黙っちゃって」

今まで泣いていたことなど忘れたかのように、稲ちゃんが言った。

「お腹すいた。ごはん、作ろう？」

「あ、そうだね」

開け放たれた土間の入り口を見ると、外はもう夕暮れだ。茜色《あかねいろ》の空に、群青色の夜が沁み込んでいっている。昼から夜に移る、その時間特有の奇妙なせつなさを感じさせられながら、伊織は狛狐たちとともに、厨《くりや》に向かった。

□

紅蓮にはああ言われたけれど、伊織は鬼丸を諦めきれない。

どのみち道雪神社の宝物殿には結界が張られていて、神格のある者は入ることができないのだ。それでは、動けるのは伊織だけだということになろう。

皆が寝静まった夜中。伊織は、むくりと布団から起きあがった。できるだけ音を立てないように着替えて、部屋の片隅に置いてある燭台《しょくだい》を手に取った。細い蠟燭《ろうそく》の頼りない明かりだけれど、ないよりはましだろう。

真夜中の境内に足を向ける。玉砂利が草履の下でぎゅっぎゅっと音を立てた。

もとの世界の飛泉神社と、その見かけは一緒だけれど夜は特に違いが顕著になる。空では月も星も鮮やかに、まるで今にも落ちてきそうだ。その代わり人工的な光はないので、月明かりと燭台の蠟燭を頼りに歩くしかない。

「こっち……だったかな」

以前は狛狐たちが案内してくれた道を、伊織は歩く。細い道がくねくねとしているので迷子になっていないか不安になったけれど、やがて見たことのある神社に辿《たど》り着いた。

「ここだ」

伊織はひとつ息を呑んで、そして裏手にまわった。以前入った門には、鍵がかけられていた。しかしそう背の高い門ではない。伊織は柵《さく》の向こうに、燭台を置いた。そして柵に手をかけてよじ登り、あちこち引っかけて傷を作ったものの、門の内側に飛び下りた。

（大丈夫かな）

下りたときの音を聞き咎《とが》められないかと不安になったものの、あたりはしんとしている。

燭台の明かりを頼りに伊織は歩き、宝物殿への階段を登った。扉は閉まっていて、取っ手をがちゃがちゃと動かしても開く様子はない。

（まぁ、そりゃそうか）

神の世界に泥棒などがいるのかどうかは知らないけれど、現実に伊織は今、泥棒まがいのことをしようとしている。こういう輩《やから》を締め出すために、鍵は確かに必要だ。

（ほかに、入れそうなところ、ないかな）

伊織は、あたりをきょろきょろと見まわした。しかしここは宝物殿だ、窓などはなく、すべて雨戸が閉じられている。

（鍵が、壊れたりして）

そんな願いとともに、伊織はまた取っ手をがちゃがちゃさせた。しばらく音を立てていても、鍵はびくともしなかったのだけれど。

「あ」

思わず声が出た。先ほどはしっかりとかかっていたはずの鍵が、いきなり緩くなって開いたのだ。取っ手がぽろりと取れて、金属の部分が伊織の手に収まっている。

「どうして……？」

伊織はとっさに、あたりをきょろきょろとする。誰もいない。ましてや取っ手がいきなり壊れたこととの理由など、わかるはずがない。

（まぁ……いいや。ラッキー）

ここは神の世界である。この世界で起こることが皆、人間の伊織に理解できることであるはずがなく、伊織は目の前の現象を受け入れることにした。

鍵の壊れた扉を押すと、微かな軋みとともに開く。中からは冷たい空気と、以前入ったときに感じた圧迫感が流れ出てくる。

伊織は燭台を持ち直し、中に入っていった。宝物殿に保管されているものの配列は変わっておらず、伊織は奥へと進んだ。古いものたちの放つ威圧に押し潰されそうになりながらおずおずと中へ入り、そして鬼丸だろうと思われる刀剣の前に立った。

燭台の明かりをかざして、伊織は刀剣を見やる。黒の柄巻き、緑の鞘。模様の刻まれた金色の鞘尻。

（これが、鬼丸だ）

狛狐たちから聞いていたその特徴だけではなく、直感的に伊織は思った。手を伸ばそうとすると、自分がかたかたと震えていることに気がついた。

そっと、刀剣に触れようとする。するとどこからか、人の声が聞こえた。

『我を……』

「え？」

どきりとして、伊織は振り返る。きょろきょろとしても誰もいない。もちろん燭台の明かりが照らしている範囲しか見えないから暗がりに人がいるのかもしれないけれど、しかしそのような人物が、伊織を放っておくだろうか。もっと大声をあげて伊織をつかまえるのが先ではないだろうか。

『我を、飛泉へ』

「な、に……？」

声は小さく微かで、伊織は聞き返してしまった。声は二度と聞こえなかったけれど、耳に残っている言葉は。

「ひせん……？　飛泉稲荷のこと？」

伊織の問いに答えはなかったけれど、伊織は確かに聞いたのだ。『我を、飛泉に』。とっさのことで驚いたけれど、その言葉は脳裏に刷り込まれたように残っている。

「じゃあ、あの……失礼します」

手を出して、刀剣を手にした。ひと振りの刀はずしりと重かった。片手に燭台を持ったまま、落とさないように胸に抱える。

（あ、なんだかあったかい）

鉄でできているはずの刀が温かいとは、どういうことなのだろうか。しかし神の化身である刀剣なのだ、先ほどの声といい、不思議なことがあってもおかしくはない。宝物殿の鍵が壊れたのも、ともすれば鬼丸の霊力なのかもしれない。

（それどころじゃない）

今の伊織がするべきことは、鬼丸を抱えて急いで飛泉稲荷に帰ることだ。いつまでもここに立っていてはいけない。

　伊織は、きびすを返した。入ってきた扉に向かって足を速める。しかし扉に辿り着く前に、大きな人影があることに気がついた。

「おまえか、伊織」

　人影の存在に驚いた伊織は、名を呼ばれてさらに驚いた。大きな体軀と獣頭、そしてその声。誰であるかを判別するのは、難しくなかった。

「雷切……」

「こそ泥のような真似《まね》を」

　雷切は、軽蔑《けいべつ》したようにそう言った。伊織は萎縮《いしゅく》し、雷切を見あげる。

「いや、それとも……おまえが自ら、私のもとに飛び込んできたと喜べばいいのか？　まったく、世話の焼けるやつだ」

　彼はふんと鼻を鳴らし、手を伸ばしてきた。鬼丸を奪われるのだろうか。伊織は雷切から逃げ、拍子に鬼丸を落としてしまう。

「あっ！」

　がたん、と大きな音が響いた。伊織は大切なものを落としてしまった焦燥に、とっさにしゃがむ。拾いあげた鬼丸が、きぃぃぃぃん、と金属をすり合わせるような音を奏でていることに、伊織は気がついた。

「なに、これ……？」

鬼丸を抱えて、伊織は立ちあがる。逆に座り込んだのは、雷切だった。

「や、めろ……！」

「なに？　なにを？」

「その、音だ……」

雷切は頭を抱えている。鬼丸の立てている音だろうか。確かに脳裏に響く音だけれど、雷切が悶えるほどに耳障りな音であるとは思えない。

「やめろ、やめさせろ！」

「そんなこと、言われたって……」

両手で頭を押さえている雷切は、床に転がってしまった。声をあげて呻いている。彼になにが起こっているのか心配だけれど、それよりも伊織は、鬼丸を持って帰らなければならない。

「ごめん……！」

聞こえているかどうかはわからないけれど、伊織は雷切にそう言った。そして急いで宝物殿を出ると、門をよじ登って道雪神社から脱出した。

来た道を、急いで駆ける。刀剣は思いのほか重く、全速力で走るというわけにはいかなかったけれど、雷切が追ってくる様子はなかった。なによりも腕の中の鬼丸が、終始きぃぃぃんという音を立てていることが気になった。

鬼丸が立てる音は、飛泉稲荷に帰ってきても止まなかった。

まだ夜は深く、紅蓮も眠っているだろう。しかし伊織は早く彼に鬼丸を見せたくて、彼の寝室に走っていった。

「紅蓮……」

障子越しに、そっと声をかける。勢いでここまで走ってきたのはいいけれど、やはり眠っているところを妨害するのはあまりではないだろうか。そんなためらいとともに逡巡《しゅんじゅん》していると、いきなり障子が開いて驚いた。

「紅蓮」

夜着の彼は、大きく目を見開いて目の前に立っていた。今まで眠っていたとは思えない顔つきだ。彼の視線は、伊織の腕の中に注がれていた。

「伊織、おまえ……」

「これ、鬼丸でしょう?」

なおも微かな音を立て続ける鬼丸を捧げ持ちながら、伊織は言った。

「勝手なことして、すみません。けど……これしか方法はないと思って」

紅蓮はなにも言わず、伊織の前にひざまずいた。瞠目《どうもく》したままそっと手を出して、鬼丸に触れる。すると金属をすり合わせるような音は、ひときわ大きくなった。

　雷切が嫌がっていた音だ。同じ神の眷属なのだから、紅蓮にもなにか影響があるのではないかと心配した。しかし紅蓮は苦しむ様子を見せない。それどころか驚きに見開いていた目を眇め、音に聞き入っているかのようだ。

「この音……嫌じゃないんですか？」

「いいや」

　紅蓮は、首を振った。

「心地いい音だ……懐かしい。まるで、子守唄のようだ」

　そう言いながら、紅蓮はそっと鬼丸に触れる。すると音は途切れてしまい、紅蓮は残念そうな顔をした。

「どうやって、鬼丸さまを……？」

「ええと、それは」

　どこからなにを話そうか迷ったけれど結局、伊織はすべてを話した。宝物殿の鍵が自然に壊れたことも含めて、全部だ。

「なんという……」

　紅蓮は言葉を失っていた。彼の怒りを感じて伊織はうつむき、目だけをあげて紅蓮を見た。

「おまえ、そのような……危険なことを」

「でも、俺にできることって、これしかないから」

言い訳のように、伊織は言った。

「鬼丸がここにあれば、誰も……みんな幸せになれると、思ったから」

「それにしても」

伊織の思いは通じたのだろう、紅蓮はそれ以上厳しい声を立てはしなかったけれど、じっと伊織を見つめている。そのまなざしに、伊織はたじろいだ。

「ひとりで行ったのか」

「はい。稲ちゃんもほーちゃんも、宝物殿の結界には入れないって言ってたから」

「なにゆえ、このような真夜中に」

「夜のほうが、人目を忍べるかなって……」

紅蓮の問いに対する伊織は、ますます萎縮してしまう。伊織は鬼丸を紅蓮に差し出し、彼は少しばかり怯《おび》えるように、刀剣を手に取った。

「ほぅ……」

鬼丸を手に、紅蓮は小さくため息をついた。彼は目線で鬼丸を検分し、そしてまた息を吐いた。

「間違いなく、我が主……宇迦之御魂神の化身に違いない」

「よかった……」

伊織は胸に手を置く。紅蓮はそんな伊織を見て、また少し目をつりあげた。

「しかしこのような危険……二度と冒すのではないぞ。私に黙って……おまえがそのようなことをしたと思うだけで、悪寒が走る」

「すみません」

そう言って伊織は、頭を下げる。顔をあげたときには紅蓮は手にした鬼丸を見つめていて、するとあの金属音が、きぃぃぃぃん、と響いた。

紅蓮は黙って立ちあがった。伊織は彼につられて腰をあげ、すると紅蓮は廊下に出て、沓脱《くつぬ》ぎに下りて下駄を突っかけると本殿に向かう。

「紅蓮、俺も……！」

伊織はそのあとを追った。本殿の中に入るのははじめてだ。ここだけは、掃除は紅蓮がするのである。走りながらも、緊張が走るのを抑えきれなかった。

紅蓮が本殿の扉を開け放つ。さあっと流れてきた空気は、反射的に背を正してしまうような静謐《せいひつ》なもので、伊織は思わず扉の前で立ち尽くした。

先に中に入っていった紅蓮は、差し込む月明かりの中でひざまずいた。彼がそっと、鬼丸を刀掛け台に置くと金属音は止み、あたりはしんと静まり返った。

「あ……」

紅蓮は鬼丸に向かって、床に額をすりつけている。その体勢のまま、彼はしばらく動かなかった。伊織も彼の邪魔をするつもりはなく、本殿の前でただじっと、その様子を見つめていた。

伊織が見つめている中、紅蓮は体を起こした。刀掛け台を名残惜しげに見やって、そしてきびすを返す。伊織を見て彼は、驚いたような顔をした。

「いたのか」

「失礼ですね。いましたよ」

紅蓮は伊織に並ぶと、手を伸ばした。なにごとかと伊織は怯《ひる》み、しかし彼の手は伊織の頭に触れた。

「これは、おまえにしかできない仕事だった」

そのまま頭を撫でられる。髪をくしゃくしゃとされて、つい「子供扱いしないでください」と言いたくなるけれど、紅蓮の表情があまりにも満たされていたので、彼のなすがままにしておいた。

「人間界から来た……不思議な存在である、おまえだけにしかできない」

「別に、俺は……」

紅蓮はじっと、伊織を見つめる。その琥珀色《こはくいろ》の瞳を見ていると、伊織のほうこそ不思議な気持ちになってしまう。

「おまえは、ここにこそあるべき存在だ」

「あるべき存在？」

彼の言葉の意図がわからず、伊織はそう問いかける。紅蓮は薄く微笑んだ。

「鬼丸を取り返してきたから？　それは……もちろん俺が役に立ったってことは、嬉しいですけど」

「役に立ったなどと、そういう意味ではない」

少し唇の端を持ちあげて、紅蓮は言った。

「おまえがいてくれると、心が安らぐ。どのような苦境にあっても、奇跡が起こって解決するような気がする」

そう言って紅蓮は、本殿を見つめた。その奇跡のひとつが、鬼丸の帰還なのだったら。そうやって紅蓮の役に立てたことは、なによりも嬉しい。

「そんな、大袈裟《おおげさ》なものじゃないですけど」

少し肩をすくめて、伊織は言った。

「紅蓮が、そう思ってくれるんなら……よかった」

なおも紅蓮は、伊織の頭に手を置いている。その琥珀色の瞳がじっと自分の顔に注がれていること、離しがたいとでもいうように頭に触れられていること。それに伊織は、先日のキスのことを思い出してしまった。

(わ、ぁっ!)

心の中でそう叫び、伊織は紅蓮から飛びのいた。彼は不思議そうな顔をしている。

「ああ、あの、起こしてしまってすみませんでした!」

「いや……そのようなことは構わない」

それよりも伊織の反応に驚いたというように、紅蓮は言った。

「なにしろ、これほどに素晴らしい夜だ……眠気など、覚めてしまった」

本殿を振り返り、また紅蓮は伊織を見る。月明かりににっこりと微笑んだ顔は伊織の今まで見たことのない表情で、伊織はどぎまぎとしてしまった。

「どうだ、この夜を祝して、一献」

「あの、それは」

紅蓮と一緒に酒を飲むことが嫌なわけではない。しかしこの間のキスを思い出してしまっては、伊織は落ち着いていられないのだ。

「稲ちゃんとほーちゃんも、一緒のときに」

「ああ、それはそうだな」

そう言って紅蓮は、社務所のほうを見やった。今ごろ彼らは、布団の中で暖かくしているることだろう。目が覚めれば、きっと驚くに違いない。そのときの反応を想像して、伊織はついにやにやとしてしまう。

「今夜はもう、眠れそうにないな」

夜空の月を見あげながら、紅蓮がそう言う。伊織も応えて頷いた。

山の稜線にかかる闇《やみ》の色が、ほんの少し薄くなっている。それほど待たずに夜明けが来るのだと、目をしぱしぱさせながら伊織は思った。


朝陽が昇ると同時に、飛泉稲荷には甲高い賑やかな声が飛び交った。

「どうしたの？　どうしたの？」

「なにか、違うよ？　今までと違う！」

起きてきた狛狐たちが、寝間着のまま境内の中を走りまわっているのだ。彼らは本殿の前まで来て足を止め、閉められている扉の向こうを、そっと覗いている。ふたりは顔を見合わせた。

「どうしたの？　なにがあったの？」

ふたりして伊織を振り返り、参道を箒で掃いているところに飛んでくる。そんなふたりに、伊織はにっこりと微笑みかけた。

「なにがあったと思う？」

「わからないよ！」

そう叫んだのは、稲ちゃんだった。

「でも、なんだか違うことがあったっていうのはわかる！　ねぇ、なにがあったの？」

ふたりは「紅蓮さま！」と声を揃えた。いつもの服装に着替えた紅蓮が、こちらに歩いてきているのだ。

「なにがあったの？」

「空気が、全然違う！」

騒ぐふたりを抱きとめながら、紅蓮は笑った。そして本殿のほうをそっと振り返る。

「……もしかして」

稲ちゃんが、声を潜めてそう言った。ほーちゃんが続ける。

「ご神体が、戻ってきた……？」

「ああ、そうだ」

紅蓮はあっさりとそう言って、ふたりを驚愕《きょうがく》させる。彼らの目は、こぼれ落ちてしまいそうなほどに大きく見開かれた。

「どうして？　どうやって？」

「いったいどうやって返ってきたの？」

口々に言う狛狐たちを両腕で抱えてやりながら、紅蓮は笑った。

「伊織のおかげだ」

「そうなの？」

「伊織が、取り返してきてくれたの？」

三人の視線が、伊織に集まる。皆のまなざしを受けて伊織は萎縮してしまい、持っている箒に縋《すが》りついた。

「どうやって？　どうやって？」

「どうやって、あの中に入ったの？」

「ええと……」

伊織は、紅蓮に助け舟を求めた。彼はなおも笑いながら、交互に狛狐たちの顔を見る。

「伊織は、特別な人間だから」

紅蓮は、そう言った。

「結界なんて、ものともしないんだ」

「それでも、ひとりで行くなんて！」

稲ちゃんが、首を傾げてそう言った。

「ひとりでなんて、すごい！」

「ご神体を持って帰れたのもすごい！」

ほーちゃんにも褒められて、伊織は困って箒を持つ手に力を込めた。

「伊織は、本当にすごいんだね！」

「ここにいるべき存在の、人間なんだね！」

それは伊織が、鬼丸をもとあるところへ戻したがゆえか。しかしふたりの言葉は紅蓮同様、それだけではないように感じた。

恐る恐る伊織は、狛狐たちに問う。

「俺は……ここにいて、いいのかな」

「もちろんだよ！」

稲ちゃんが、不思議そうな顔をして伊織を見ている。

「いいに決まってるよ！　どうして、そんなこと言うの？」

ふたりの瞳はうつくしく輝き、そのまったく邪気の感じられないまなざしに居心地が悪くなって、伊織はまた視線を逸らしてしまった。

「やっぱり全然、空気が違うね！」

深呼吸をしながら、稲ちゃんが言った。

「ご神体があるのは、違うね！」

そう声をあげながら、狛狐たちは駆け出す。玉砂利を踏みながら走りまわり、すべって転んで、それでも笑い声をあげながらふたりでじゃれあっている。

「伊織、これがおまえのしたことだ」

紅蓮が歩み寄ってきて、そうささやく。

「おまえの勇気が、我が稲荷にこれほどの喜びを運んでくれた……」

「だから、そんな大袈裟なものじゃないんですって！」

気恥ずかしくなって、伊織はそう声をあげた。

「俺はただ……自分ができるんだったら、これしかないかなって」

そんな伊織を、紅蓮はじっと見つめている。そんな彼の視線にも、恥ずかしいような気持ちが湧きあがった。

「そう思ってくれることが、おまえの優しさだというのだ」

紅蓮はまた、伊織の頭を撫でた。そうされると子供扱いされているようでますます恥ずかしいのだけれど――紅蓮が満ち足りたような表情をしていることに、これはこれでいいかと思ってしまう。

「今まで縁のあった、どのような者の中にもおまえのような者はいなかった」

そんな紅蓮の言葉に、伊織はどきりとして彼を見あげた。

「私にとってはじめての……不思議な、人間だ」

うたうように言った紅蓮の言葉を、伊織は胸の奥で噛みしめた。

「おまえのような存在は、知らない……」

彼の声に頬までが、かっかと熱を帯びはじめた。それを見られないように、伊織はそっとうつむいたのだ。

第五章　おまえが必要だ

神社の本殿は、ご神体を祀《まつ》る神聖な場所である。

飛泉稲荷の本殿は、今まで空っぽだった。しかしそこにご神体たる鬼丸が戻ってきたことで、境内全体がなんとはなしに活気づいている。そのことは、あくまでも普通の人間であるはずの伊織にも感じ取れた。

夕ごはんのあと、伊織は本殿の前にいた。まだ本格的には夜ではなく、薄明かりが空を満たしている。それに、本殿の中がうっすらと照らされていた。

伊織は本殿の前でひとり、刀掛け台の上に鎮座している鬼丸を見ていた。道雪神社の宝物殿から取り戻したときはあまりにも夢中で、気にかける余裕がなかった。しかしこうやって改めて間近に見ると、侵し難い品格と、凄まじいまでのオーラを放つ刀剣なのだということが、改めて感じられるのだ。

「はぁ……」

いくらご神体とはいえ、物質であることには変わりない。しかし鬼丸からは、ただのモノから発せられているとは思えない圧力を感じる。一度目にしてしまえば離れ難いような、それでいて正面から見ていることが畏《おそ》れ多いような、奇妙な圧迫感にとらわれてしまうのだ。

「ん？」

ざく、ざく、と玉砂利を踏む音がする。振り返ると近づいてきているのは紅蓮で、彼はどこか、神妙な顔をしている。

「鬼丸さまか？」

「はい」

伊織は頷いた。紅蓮がその横に立つ。

「なんだか、すごいですね」

「なにがだ？」

紅蓮は少し首を傾げた。

「なんというか……ものすごい気配を、感じます」

「それはそうだ。神の分霊した姿のひとつだからな」

「こうやって人間の俺にも、感じられるんですね」

ふっと伊織はため息をついた。どうしても鬼丸から、視線を離すことができない。目が乾くくらいに鬼丸を見つめている伊織の肩に、紅蓮が手を置いた。その手の大きさに、伊織はどきりとする。

「おまえは、普通の人間ではないから」

伊織はさらに、どきりと胸を揺さぶられた。

「だからこそ、鬼丸さまの気配を感じ取っても無事でいられるのだろうな。それどころか、こんなにそばにいても平気だ」

「普通の人間の……つもりなんですけど」

居心地の悪い思いで、伊織は呟いた。それを冗談だと取ったのか、紅蓮は口を開けて笑った。

「単身、ご神体を取り戻してきたような豪快なやつが、普通の人間だとでも言うつもりか」

「いや、俺は普通ですから！」

伊織は思わず声をあげ、ここは神聖な場所だと思い至って慌てて口を閉じる。そんな伊織を見て、紅蓮はくすくすと笑った。

「そうだな、伊織は普通だな」

そう言って彼は、また伊織の頭に手を添える。髪をかき混ぜながら頭を撫でられ、その手つきに伊織は一瞬、うっとりとする。

「そのような表情をするところも、たまらない」

「紅蓮……なにを」

彼は手を伸ばし、伊織を抱き寄せた。その逞しい腕に抱きとられて伊織は、はっと息を呑んだ。

「おまえ……」

耳もとで、紅蓮がささやく。

「もとの世界に、帰りたいか？」

「それは……」

聞かされた言葉はあまりにも意外で、彼の腕の中で伊織は目を見開く。ここしばらくは、夢も見ずに眠った。だから家族がどうしているのかも知らないし、それよりもいろいろと波瀾《はらん》の出来事があったので、もとの世界のことを考える暇がなかった。

「もとの、世界……？」

自分はもとの世界に帰りたいのだろうか。伊織は自問した。抱きしめてくる紅蓮の腕は強くて、このまま縋っていたくなる。かといって、あちらの世界の家族や友達に二度と会えなくてもいいのかというと、言葉ひとつで切り捨てられるものでもない。

「それとも、私……私たちと、ずっと一緒にいてくれるか？」

紅蓮の言葉に、はっとした。その口調に、どこか縋るようなものを感じたからだ。彼は言わないけれど、伊織に「こちらにいてほしい」と思っているのだということが感じ取れた。

伊織は紅蓮の背に腕をまわし、彼をぎゅっと抱きしめる。紅蓮は驚いたようだったけれど、伊織は腕の力を抜かなかった。

「よく、わからないです……俺」

紅蓮の体の温かさを味わいながら、伊織は小さな声でそう言った。

「帰りたくないわけじゃ、ありません。でもこっちの世界は……波瀾万丈で、いろいろなことが起こる」

伊織の言葉に、紅蓮は少し笑った。

「退屈しません。紅蓮たちと暮らしてると、とても楽しいです」

そして、と伊織は小さな声で言った。

「ここには、紅蓮がいる、から」

そう言うと、紅蓮が少し身を揺らした。抱き合っているので、彼の表情はわからない。

「だから……俺は。ここにいたいの、かも」

「私もだ、伊織」

力強い口調で、紅蓮は言った。

「私も、おまえを帰したくない……」

どきり、と伊織の胸が大きく鳴った。これだけしっかりと抱き合っているのだから、彼にも感じられたかもしれない。そう思うと、ますます恥ずかしくなった。

「おまえに、ここにいてほしい。いつまでもずっと、おまえと……」

「紅蓮」

彼の言葉が気恥ずかしくて、伊織は紅蓮を遮ってしまった。それでいて彼がなんと言いかけたのか気になって、少し腕をほどく。彼の瞳を覗き込む。

「紅蓮……あ、の」

「なんだ、伊織」

言葉を遮られたことに腹が立ったのか、紅蓮はやや尖った声でそう言った。その口調に伊織はどきりとし、すると彼が微笑んでいる。

「おまえは、私とともにあるべき人間だ」

紅蓮は伊織の頬に手を置いて、じっと瞳を見つめてきた。彼の金色がかった目は、まるで魔力でも孕《はら》んでいるかのように伊織をとらえる。

「私のものだ……伊織」

見つめられて身動きができない。彼のなすがままになってしまう。

「あ……」

彼の顔が近づいてくる。唇をくわえられ、ちゅっと小さな音を立ててキスをされた。伊織はもう驚かなかったけれど、しかし伝わってくる感覚に心臓がどくどくと跳ねる。

「ぐ、れん……」

掠れた声で彼を呼ぶと、返事をするように紅蓮はくちづけを深くしてくる。少し舌が入ってきて、唇をなぞられる。以前もそうやってキスされた。そのときの動揺を思い出しながら、伊織は紅蓮のなすがままになっていた。

「紅蓮さま！」

甲高い声が響いて、ふたりはとっさに離れた。見れば、稲ちゃんがこちらに駆けてきている。

「紅蓮さま、大変だよ！」

ほーちゃんも一緒だ。ふたりは袴の裾《すそ》をぱたぱたさせながら、走ってきた。

「雷切が、来た！」

「……なに」

紅蓮は、低い声でそう言った。視線を向けると、鳥居のほうから歩いてくる影がある。まごうことなく、それは雷切だった。

「雷切……」

唸るような声でそう言って、紅蓮は伊織の肩に手を置く。ぐっと引き寄せられて、伊織は紅蓮の腕に後ろから抱きしめられる格好になった。

伊織は、首をすくめて雷切を見た。本来は飛泉稲荷にあるべきご神体とはいえ、伊織は力ずくで鬼丸を奪ってきたのだ。泥棒と罵《ののし》られても仕方なくて、それを思うと身がすくんでしまう。

「人間」

そう呼びかけられて、伊織は目をつぶった。抱きしめてくれる紅蓮の腕は力強いけれど、顔をあげて雷切の顔を見られない。

「来い、人間」

「……は？」

伊織は驚いて、顔をあげた。雷切が、こちらに向かって手を差し伸べている。

「私のもとに来い。おまえは、私に飼われるのだ」

「はぁぁ？」

思わず伊織は、頓狂《とんきょう》な声をあげてしまった。

「なに言ってるんですか？」

伊織を抱く紅蓮の力が、強くなる。伊織は大きく目を見開いて雷切を見たけれど、彼は冗談を言っているような顔つきではない。

「伊織といったか？　そうだ、伊織。道雪神社の礎となれ」

雷切は一歩、伊織たちに近づいてくる。差し出された手を、伊織はまじまじと見てしまう。

「神の世界で、なんの障りもなく生きていける人間……おまえは、特別な存在だ」

それは、紅蓮にも言われていることだ。自分が特別だなどと思ったことはないけれど、紅蓮に言われるのなら、もしかしてと思わないわけでもない。けれど。

「そんなおまえを、我が社殿の礎にするのだ。さすれば、我がきみも喜ぶ」

「礎って、なんですか……？」

その言葉は以前にも聞いた。思わず声が引きつる。しかし雷切は、そんな伊織を不思議そうに見た。

「その体を埋め、我が社殿、栄えゆくための栄養となるのだ。名誉なことであろう？」

「馬鹿なことを」

そう言ったのは、紅蓮だった。振り向かずとも、彼の顔つきがわかるような気がした。紅蓮は伊織を抱き寄せ、自分の後ろに立つように招く。伊織は紅蓮の後ろから、雷切を見た。彼は不満そうな顔をしている。

「伊織は、私のものだ。おまえには渡さない」

「おまえのもの、とな」

嘲笑《あざわら》うように、雷切が言った。

「では、本当はどちらのものなのか……思い知らせてやる！」

伊織に向かって差し出していた手を、雷切は引いた。その中で眩しい光が珠となって、こちらに向かって飛んでくる。

「わ、っ！」

伊織はその場に尻餅《しりもち》をついてしまい、頭の上を光の珠が飛んでいった。遠く後ろで破壊音がし、なにかが焦げる匂いがした。

「伊織、近づくな！」

紅蓮が鋭い声でそう言った。伊織はそのまま後ずさりをし、紅蓮の手にもまた光が集まるのを見て取った。

「こっちだよ、伊織！」

「そこにいると危ないよ！」

狛狐たちが、伊織の手を引いてくれる。伊織はようよう安全なところに辿り着き、そこからふたりの戦いを見た。

「紅蓮……」

ふたりは手のひらに光を溜《た》め、ボールを投げるように相手にぶつける。しかしそれぞれは素早く身をかわし、相手の攻撃を受けることはない。光の珠は地面に落ち、柱にぶつかり、あたりは焦げ臭い匂いで満ちていく。

「うわ、わわ、あっ！」

光の珠はときおり、伊織たちが逃げている先に飛んできた。伊織と狛狐たちは逃げまわり、足もとで光の珠がじゅっと音を立てて弾けるのに、悲鳴をあげてまた逃げる。

伊織は顔をあげて、紅蓮たちのほうを見た。ふたりは腰を低く保った体勢で、互いに睨み合っている。手の中に光の珠を持ち、相手にぶつけようとしているのだろうが、どちらにも隙《すき》がない。雷切が投げた珠は紅蓮の投げたそれにぶつかり、空中で大きく輝いた。まるで眩しすぎる星が光ったかのようだ。

「あ、あ……！」

ひとつ、雷切の放った珠が伊織たちのほうに飛んでくる。それは伊織の袴を掠め、袴には大きな焼け焦げができた。

「わ、あっ！」

驚いたほーちゃんが叫ぶ。雷切は伊織たちをぎろりと睨み、今度はこちらに向けて、勢いよく光を放ってきた。

「貴様……！」

叫んだのは紅蓮だった。彼は素早く地面を蹴《け》って伊織たちの前に立ち、雷切の放った珠をその身に受けたのだ。

「ぐぅ……っ……！」

「紅蓮！」

彼の腹から、白い煙があがる。雷切の攻撃が当たったに違いない。紅蓮はその場に膝をつき、伊織はとっさに駆け寄ろうとした。

「来るな！」

荒い声で、紅蓮が叫んだ。伊織はびくりと足を止め、そして大きく瞠目した。

「うぅぅぅぅ……」

紅蓮は半腰になり、腹を押さえている。そこからぽたぽたと血が滴るのを見た、と思った次の瞬間、彼の姿が、靄《もや》がかかったように揺れて、見えなくなった。

「ぐれ……、ん……？」

伊織は何度もまばたきをし、次に紅蓮の姿が見えたとき――彼は、四つ足の獣の姿になっていた。二度目に見るその姿はやはり凛々《りり》しく勇ましく、伊織は思わず見とれてしまう。

「ぐるるる……」

その呻き声も、動物のものそのものだ。全身は狐色で、振りあげた尾の端が濃く色が変わっている。テレビでしか見たことはないけれど、やはり野生の狐はこのような姿をしているのだろう、と伊織は思った。

「小癪な」

そう唸ったのは、雷切だった。彼は大きく身を震わせて、すると彼の姿もまた靄に包まれ見えなくなって、再び見えたのは、くすんだ毛色の四つ足の獣――これまた実際に見たことはないけれど、狼だろうと思われる姿に変わっていた。

「わ、わ……！」

ふたりの変身に、伊織は驚いて声をあげた。しかしふたりにはもうお互いしか見えていないのか、相手に向かって歯を剝《む》いている。低い呻き声が口から洩《も》れている。雷切が前足で何度も玉砂利を蹴って、戦闘体勢であることを示している。

「ううううっ！」

「がぁぁぁぁぁっ！」

二頭が同時に、互いに飛びかかった。その軌跡に血が飛び散ったのは、紅蓮の傷から流れたものだろう。紅蓮のほうが手負いだ、動物の姿になっての戦いは、彼にこそ不利だろう——しかし伊織にできることは、なにもない。

二頭が互いに嚙みついて、ごろごろと地面を転がった。しゃぁっ、と威嚇《いかく》する声、うがぁ、とあがった悲鳴。二頭の姿は素早く動き、なにが起こっているのか伊織の目では判別しかねた。

「まずいよ、大変だよ！」

稲ちゃんが、自分を失ったように焦燥した声をあげている。

「ああなっちゃったら、どっちかが死ぬまで終わらないよ！」

「死ぬ？」

ほーちゃんの叫びに、伊織は目を見開いた。うんうん、と狛狐たちは同時に頭を縦に振る。

「そう、ああやって、本性が出ちゃったんだもん……もう、殺し合いだよ！」

「死ぬまで、って……本当？」

ふたりはまた大きく頷いた。

「あれが、紅蓮さまたちの本性だから。あの姿になったってことは、最終手段ってこと。どっちかが動かなくなるまで、終わらない！」

「そ、んな……こと」

二頭の獣は、鋭い牙《きば》を、尖った爪《つめ》を、四肢を、体全体を使って戦っている。玉砂利は赤く汚れ、それは紅蓮の傷からのものなのか、雷切も傷ついているのかどうか、伊織にはわからない。

「ぐぉぉぉぉぉ！」

絡み合っていた二頭が、鋭い呻きとともに離れた。素早く四つ足で立ち、肩で息をしながら互いを睨んでいる。目は血走って、口からは血の混じった泡が洩れ、凄まじい姿をした二頭は、戦いの相手しか見えていないようだ。

（どうしたら……）

二頭の獣の戦いに、伊織が手を出せるわけがない。しかしどちらかが死ぬまで戦いが続くというのに、ただ見ているだけでいいはずがなかった。なにか、伊織にできることはないか――伊織は慌ててまわりを見まわし、視界に入ったのは、本殿の中で鎮座している鬼丸だった。

（ご神体、なら）

そのようなことを考えたというのも、伊織も相当焦燥していたがゆえに違いない。

（あのふたりを、止められるかもしれない。死ぬ前に、どうにかして止めてくれるかもしれない……！）

「伊織⁉」

本殿に向かって走っていった伊織の背に、狛狐たちの声がかかる。伊織は足を止めず、扉を大きく開くと、中に飛び込んだ。

本来なら、このようなことをしてはいけないだろう。鬼丸をここまで運んできたのが伊織だったとはいえ、今、仮にもご神体に触れるなんて。しかしその眷属が、死ぬか生きるかの瀬戸際なのだ。

「伊織っ！」

伊織は鬼丸を手にし、勢いよく鞘から刀を抜いた。刀身は青く光っており、見つめるだけでぞくぞくするような切れ味が感じられた。

「っ……！」

あの音だ。きぃぃぃぃぃん、という音があたりに響き渡った。戦っている二頭が、びくりと一瞬、動きを止める。

「ぐわぁぁぁぁ！」

叫んだのは雷切だった。いきなりその場に転がって、全身をうねらせている。今まで戦っていた紅蓮のことなど、忘れてしまったかのようだ。

「うぉぉぉぉぉお！」

その間にも、鬼丸の立てる金属音は響いている。紅蓮は雷切の背中を蹴って仰向けにし、大きな口を開けてその咽喉笛《のどぶえ》に噛みついた。

「ぎゃん、ん、んっ！」

雷切が悲痛な声をあげる。紅蓮は牙を離さず、雷切の体を振りまわした。雷切は急所を押さえられて、反撃することもできないようだ。

「紅蓮！」

鬼丸を抜いたまま、伊織は叫んだ。

「もう、やめてください……そのままじゃ、殺しちゃう！」

紅蓮は、びくっと体を震わせた。伊織の声が聞こえたのだろう。紅蓮が牙を離すと、雷切はその場で何度も呻いた。

（大丈夫なのかな）

もちろん、紅蓮に勝ってほしい。しかし雷切が死ぬことを望んでいるわけではないので、どうしても心配してしまうのだ。

「ううう……」

雷切が体を起こす。彼の被毛は血まみれになっている。なおも鬼丸の立てる金属音が響く中、その姿がもとの、獣人のものに戻る。体中傷だらけで、見るも痛々しい姿だ。

はっとしたように、雷切は紅蓮を睨んだ。そして唇を噛みしめると、地面を蹴って伊織の視界から姿を消してしまった。

「あ……」

あれほどひどい怪我を負って、道雪神社まで帰ることができるのだろうか。心配をしながら、しかし伊織の思考は、たちまち紅蓮のことでいっぱいになった。

「紅蓮……！」

伊織は鬼丸を鞘に収めるともとのように刀掛け台に置き、彼のもとに走った。彼は傷だらけ、特に腹の傷は抉られたかのようだった。しかし生きている。

「大丈夫……じゃないですよね。でも、よかった……生きてて」

紅蓮は、狐の姿のままだ。彼は大きく尾を振って、心配せずともいいと言いたいのだろうか。

「ぐぁぁぁぁぁぁぁ」

大きな声で紅蓮は吠《ほ》えた。痛みのあまり、人間の言葉を話せないのだろうか。狛狐たちも走ってくる。彼らは恐る恐る、狐の姿の紅蓮を撫でた。

「紅蓮さま、大丈夫!?」

「血がいっぱい出てる！」

彼らを前に、紅蓮の鋭く光っている目が少し和らいだ。彼は大きく身震いをして、すると目の前に靄が生まれ、まばたきをした伊織の目の前には、獣頭の、もとの紅蓮の姿があった。

「伊織……怪我は大丈夫か」

「そんな……俺の心配なんか」

いささか呆れた思いで、伊織は言った。

「紅蓮こそ、怪我だらけじゃないですか。そうだ、薬……！」

伊織が声をあげると、狛狐たちが飛びあがった。

「新しい布！」

「お薬！」

彼らはてんでに走っていく。その後ろ姿を見つめながら、伊織は視線を紅蓮に戻した。

「こんな、ひどい傷」

彼のまとっていた衣はぼろぼろで、体にはあちこちに裂傷が走っている。腹には大きな傷があって、それは最初に雷切の投げてきた光の珠にやられたものだ。

「生きているのが、不思議だな」

苦笑とともに、紅蓮は言った。

「さすがに……このたびは、まずいと思った」

「しゃべらないで！」

紅蓮の苦しげな口調に、伊織は慌てて彼を止めた。紅蓮は大きく息をつく。伊織はそっと、彼に向かって手を差し伸べた。

「……あ」

その手を紅蓮は握った。力は驚くほど強くて、あれほどの戦いを繰り広げたあとだとは思えないほどだ。

「おまえのおかげで、助かった」

紅蓮は、掠れた声で言った。

「鬼丸さまを目覚めさせられるだけの才覚……ますますおまえがこの稲荷に必要な人間だということが、証明されたな」

「必要な……」

伊織は、紅蓮の言葉を繰り返した。その言葉は伊織の心に甘く沁み、彼は思わず微笑んだ。

「布だよ！」

「お薬だよ！」

狛狐たちが駆けてくる。紅蓮は呻きながら拝殿の縁側に横になり、伊織はそれを手伝った。

「ひどい怪我だ！」

稲ちゃんが、今にも泣き出しそうな声で言う。

「すごい火傷《やけど》になってる……紅蓮さま、痛くないの？」

「まぁ、痛いな」

本気ともなんともつかない口調で、紅蓮は言った。彼の怪我は火傷だけではなく、咬《か》み傷、引っかき傷でいっぱいだ。ほーちゃんが、伊織も使ったことのある薬を塗り、稲ちゃんが布を巻く。紅蓮の体は布だらけになってしまい、その姿はなんとも痛々しい。

「紅蓮さま、元気になってね？」

狛狐たちは、煎じ薬も持ってきていた。紅蓮が、不味《まず》そうな顔をしてそれを飲む。その姿を見つめながら、稲ちゃんとほーちゃんはせつない声でそう言った。紅蓮は笑って、彼らの頭を交互に撫でる。

「あたりまえだ。この俺が、元気にならないはずがあるか」

そう言って紅蓮は身を捻《ひね》り、「いたたたっ！」と声をあげた。

「俺、布団敷いてくるから」

慌てて伊織は立ちあがった。いつも紅蓮が眠る、社務所の部屋に布団を用意していると、狛狐たちの手を借りて、痛々しい姿の紅蓮が現れる。

「怪我が治るまで、おとなしくしておいてくださいね？」

伊織が言うと、紅蓮はにやにやとしている。しかしその怪我では、おとなしくしている以外に選択肢はないだろう。伊織は腰に手を置いて、紅蓮を睨みつけた。紅蓮は目を見開いて、伊織を見た。

「伊織、おまえは怪我はしていないのか」

「え、俺？」

言われて見れば、確かに袴に穴が空いている。しかし犠牲になったのは袴だけで、伊織自身は傷ひとつ受けていない。

「紅蓮が、かばってくれたから」

伊織がそう言うと、紅蓮は少しだけ恥ずかしそうな顔をした。そんな彼の顔が見られたことがなんとはなしに嬉しくて、伊織はそっと小さく微笑んだ。

「さ、ちゃんと寝ててくださいね」

紅蓮の手を引いて、布団に寝かせる。彼の体の上に掛け布団をかぶせると、紅蓮が少し痛そうな顔をした。

「あ、載せないほうがいいですか！」

「いや……平気だ」

そう言って、紅蓮は布団の中で目を閉じる。狛狐たちも神妙な顔をして、紅蓮の枕もとに正座している。

「紅蓮さま……」

ややあって、紅蓮は微かな寝息を立てはじめた。自分が飲んだときも思ったが、あの煎じ薬には眠りを誘う成分も入っているのだろう。痛々しい姿の紅蓮が、それでも優しい眠りの中にいるさまを見て、伊織は心の底から安堵した。

「早く、治るといいね」

「うん」

紅蓮の眠っている姿を見つめながら、稲ちゃんが短くそう言った。

「治るよ、だって、紅蓮さまだもん」

そう言ったのはほーちゃんだ。ふたりは、そうしていれば紅蓮が早く元気になるとでもいうように、じっと紅蓮を見つめている。

「ごはんの支度、しよう？」

伊織は、ふたりに声をかけた。

「紅蓮が起きたとき、美味しいごはんを食べてもらえるように、ね」

「うん！」

ふたりは声を揃えて、ぴょんとその場から跳ねた。

「ごはん、作ろう！」

「紅蓮さまのために、美味しいの！」

厨に向かいながら、伊織は紅蓮の寝顔を見た。どこか満たされた表情だと思ったのは、気のせいだっただろうか。

□

あの日から、一週間が経った。

伊織は盆の上の茶器を、紅蓮の部屋に運ぶ。障子を開けると紅蓮は縁側に座っていて、小さな白い花をつけている生垣を眺めていた。

「紅蓮、お茶です」

「ありがとう」

そう言って振り返る紅蓮は、小袖の上に羽織を引っかけている。傷はすっかり消えていて、腹に受けた火傷も治っているのを、伊織は朝食のときに確認した。

「起きていて、平気ですか？」

「もちろんだ」

茶器を受け取りながら、紅蓮は言った。

「もう、すっかり平気だ。私の作った薬だぞ？　あたりまえだ」

そう言って胸を張る紅蓮に、伊織はくすくすと笑った。彼の隣に座って、自分のぶんの茶器を取りあげる。中身を啜《すす》りながら、横目で紅蓮を見た。

紅蓮は、伊織に微笑みかけた。見慣れた彼の笑みだ。見つめられることがくすぐったくて、伊織は思わず視線を逸らせる。

「あ、の」

しばらく続いた沈黙がもどかしくて、伊織は言った。

「あのとき、紅蓮も雷切も……動物の姿になったでしょう？」

「ああ、そうだな」

なんでもないことのように、紅蓮は言った。

「前、野犬みたいなのが襲ってきたときがあったでしょう？　あのときよりも、凄まじく感じたんです。あれは、どうしてですか？」

「神気があがったのだ」

その言葉の意味がわからなくて、伊織は首を傾げる。

「あのときの私は……雷切も、怒りを爆発させていた。その瞬間を迎えることのできる者は、神格があがっているということだ」

「どういう意味ですか、それ」

伊織の質問に、紅蓮は小さく笑った。

「まぁ、私が……神の眷属としての位をあげたということだよ」

なおもきょとんとしている伊織がかわいらしいとでもいうように、紅蓮は手を伸ばして頭を撫でてくる。

「鬼丸さまも戻ってきたし、私は稲荷の眷属として……偉くなった、とでも言えば、通じるかな」

「偉くなったんですか」

その俗っぽい言葉の選択に伊織は笑い、紅蓮もにやりと口の端を持ちあげた。

「それは……よかったじゃないですか」

「そうだな、いいことだ。そしてそれは、おまえのおかげだ」

俺？　と伊織は首を傾げる。ああ、と紅蓮は頷いた。

「おまえがいてくれるおかげで、私の神格はあがる。神の眷属として、より重く扱われる存在になった」

そう聞くと、なんだか紅蓮が遠い存在になってしまったように感じる。伊織はどのような表情をしたのか、紅蓮がまたふっと笑う。

「そのような顔をするな。おまえから離れてしまうわけではない。むしろ……近くなったかな」

「どういう意味です？」

「おまえに、遠慮なく触れられるということだよ」

そう言って紅蓮は、手を伸ばしてくる。縁側に置いた伊織の手に自分のそれを重ね、その接触に思わず目をみはり、反射的に伊織は彼から逃げてしまった。

「ら……雷切は、どうなったでしょうか」

「さぁ」

その名に、紅蓮は少しだけ口の端を引きつらせた。彼の名を出したのはまずかったかと思ったのだけれど、紅蓮の表情はすぐに平静に戻り、なおも茶を啜っている。

「向こうにも薬くらいあるだろう。怪我が治らないとか、そのようなことにはなっていないはずだ」

「だと、いいんですけど」

雷切は憎らしい相手ではあるが、しかしあれだけ傷ついていた彼を心配しないというわけにはいかなかった。見舞いに行くような気持ちはないけれど、その症状のほどはどうなのか、どうしても頭の中に引っかかっている。

「なんだ、雷切のことが気になるのか」

どこか尖った調子で、紅蓮は言った。伊織が彼を見ると、渋く不機嫌そうな顔をしていて驚いた。

「気になるというか……まぁ、怪我してたのは確かなんで」

「おまえは、私の心配だけしていろ」

機嫌を損ねたという口調で、紅蓮は言う。

「おまえは、私のことだけを考えていればいい」

「それは……」

彼の言うことは、やぶさかではない。しかしその口調にはどこか甘いものがあって、伊織はそっと身をすくめてしまう。

(そういえば)

あまりにも大きな出来事があって、そのことを意識する暇がなかったけれど——伊織は、彼にキスされたのだった。しかも、二回。最初は戯れかとも思ったけれど、二回目のときの、情のこもったキスは忘れられない。伊織は思わず手で唇を隠してしまい、そんな彼を紅蓮は、茶器を手にじっと見つめている。

「それとも、雷切のもとへ行くか？」

「いやです！」

伊織は思わず大きな声をあげてしまい、それに紅蓮が驚いたように、目を丸くした。伊織は誤魔化《ごまか》すように、ひとつ咳払《せきばら》いをした。

「礎って、要するに生贄《いけにえ》……人柱なんでしょう？　そんなの、いやに決まってます」

「では、私のもとにいるのだな？」

「あたりまえです！」

咳で動揺を振り払いながら、伊織は言う。紅蓮が顔を近づけてきた。

「ぐれ……」

「ここに、いるのか？」

にわかに紅蓮は、真摯《しんし》な表情を見せた。押されるように伊織は頷き、紅蓮の目が眇められたことに、はっとした。

彼は、声を押し出すようにささやいた。

「……もとの世界には、戻らないのか」

「そ、れは」

伊織が生まれ育った、もとの世界。そこが恋しくないといえば嘘になる。しかし紅蓮は、そこにはいない。そして伊織はこうやって、紅蓮と一緒に、いつまでもこうやって――時間を過ごしていたい。

「戻りたくない、わけじゃ……ない」

曖昧《あいまい》な口調で、伊織は言った。

「けど、ここから離れたいわけでもないんです」

「難しいな」

どこかからかう調子で、紅蓮は言った。

「おまえは、ひとりしかいない。両方の世界に同時に存在することは、できないな」

それはあたりまえのことだったけれど、伊織の胸に鋭く刺さった。伊織はじっと紅蓮を見やり、すると彼は茶器を縁側に置き、伊織との距離を少し縮めた。

「いずれおまえを……もとの世界に戻してやりたいと思っていたが」

「紅蓮？」

彼の凜々しい顔が間近に迫る。伊織の胸が、どきりと跳ねた。

「もうおまえを、手放すことができない」

「あ……」

逞しい両腕を伸ばし、紅蓮は伊織を抱きしめた。伊織の手から、空になった茶器がころりと落ちる。

「私のそばにいろ」

低く、艶《なま》めかしい声で紅蓮は言った。

「おまえは、こうやって……永遠に、私とともにあるのだ」

「ぐ、れん……」

伊織は、ひくりと咽喉を震わせた。紅蓮はなおも固く伊織を抱きしめる。

「その気がないなどとは、言わせない。おまえも……私を愛しているだろう？」

「あ、い……？」

その言葉に、胸が大きく高鳴った。体が触れ合っているのだ、それは紅蓮にも伝わっただろう。そう思うとにわかに恥ずかしくなって、伊織は彼から逃れようと身をよじった。

「逃さぬ」

逆らえない口調で、紅蓮は言った。

「おまえは、私のものだ……逃さぬ。離さぬ」

「ぐ、れん……！」

紅蓮は腕を解いた。伊織はほっとしたけれど、しかし彼は伊織を離さなかった。そのまま伊織の背と膝の裏に腕をすべらせ、力強くぐいと抱きあげる。

（お、お姫さま抱っこ……！）

このように抱きあげられるのは、当然はじめてだ。紅蓮の腕の中で伊織は慌て、ふいと視線を向けると狛狐たちがこちらを見ているのと目が合った。

（うわぁ、ああ、あ！）

彼らは、見てはいけないものを見たというように、両手で目を覆っている。しかし指の間には隙間があって、ふたりが伊織たちを見ているということは明らかだった。

（恥ずかしすぎるだろう！）

紅蓮の腕の中でじたばたしながら、伊織は心の中で叫んだ。

(こんな、いったい……紅蓮は、なにを?)

そのまま伊織は、部屋の中に連れていかれる。背後で障子がぴしゃりと閉まった。部屋の中には布団が敷いてあって、伊織はその上に寝かせられた。

「紅蓮、なにを……」

「わかっているくせに」

紅蓮は、口の端を持ちあげた。にやりと微笑まれて、伊織の胸はどくりと鳴る。

「私のくちづけも、嫌がらなかっただろう?」

伊織の体の上にのしかかって、紅蓮はそうささやいた。

「私のことを、嫌がっていない……どころか、おまえは私を求めている」

「そんな、こと」

伊織は、ごくりと唾を飲んだ。そんな彼の唇に、紅蓮はくちづけを押しつけてくる。

「ん、ん……っ!」

食いつくように重ねられて、何度も唇を吸われた。すると、いつもは眠っている感覚が敏感になってくる。そっと舌で触れられただけで、びくんと体が反応してしまう。

「いいな……おまえ」

ふっと、満足そうに紅蓮は言った。

「そうやって、私の望む反応を見せるところ……まるで私を、待っているようだ」

「そ、んな……こと」

小さな声で伊織は呟いた。

「待ってる、なんて……」

「いいや、おまえは私を待っている」

言い聞かせるように、紅蓮は言った。

「私のものになりたいと言っている。私のものになって、そして……」

「ん、んっ！」

紅蓮は舌を出してきて、伊織の唇を舐めた。何度も何度もなぞられて、背中がぞくぞくと粟立《あわだ》った。

「んぁ、あ……あ、あ」

「こうするとおまえは、いつも心地よさそうな顔をする」

舌先で伊織の唇をもてあそびながら、紅蓮は笑う。

「舐められるのが、好きか？　私に、こうやって……」

「っ、ん……ん、んっ」

ぺちゃぺちゃとあがる音は、ぞくぞくしてしまうくらいに艶めかしい。その音にも追い立てられて、伊織は大きく背を反らせた。

紅蓮が、伊織の肩に手を置く。縫いつけるように布団に押し倒し、そうやって押さえつけられてしまうと、まるですっかり、彼のものになってしまったような感覚がある。拘束されていることに微かな不安と、そして大きな快楽があった。

「や、だ……こ、んな」

掠れた声で、伊織は喘いだ。

「こんなの……やめて、ください」

「やめろなど、思ってもいないくせに」

くすくすと、紅蓮は笑った。

「それどころか、もっとしてほしいだろう？　唇も、体も……どこもかしこも、舐めてやる」

「や、ぁ……っ！」

彼の手が肩をなぞって、そして小袖の合わせに入る。胸もとをくつろげられて、鎖骨のラインを指先で辿られた。

「あ、あ、ああっ」

「いい声を出す」

紅蓮は、なおも笑いながら鎖骨をくすぐる。そのまま手を差し入れると胸をざらりと撫であげられる。彼の手のひらに引っかかった乳首から、つきんと微かな感覚が走ったことに、伊織は気がついた。

「もっと、聞かせろ」

なおも伊織の唇を舐めながら、紅蓮は言った。

「おまえの、甘い声を……もっと」

「んぁ、あ……ああ、あ」

自分では聞きたくもないような声が洩れる。己の唇からこのような声が出るのだと、伊織は羞恥にとらわれたままどこか遠くで考えていた。

「伊織」

「や……っ、紅蓮……」

艶めかしい声でそう呼ばれて、体中の血が温度をあげたようだ。伊織は手を伸ばして紅蓮の首もとに触れた。ふわりとした毛並みが感じられる。心地よさにそこを撫でている間に小袖の前を開かれ、胸を露出させせられてしまう。

「あ、や……だ……」

「なにを言うか……こんなに、尖らせておいて」

そう言って紅蓮は、伊織の乳首をちょんとつついた。それだけで腰が跳ねてしまう。今まで存在することを意識すらしていなかったような箇所なのに、なぜこれほどに感じるのだろうか。伊織は混乱した。

「感じているな……？　かわいらしい色をして」

そう言いながら紅蓮は、もうひとつの乳首をつまむ。きゅっと捏《こ》ねられて、伊織はまた声をあげてしまった。

「や、ぁ……っ……」

「ここが、これほどに感じるとは……愛《う》いやつだ」

紅蓮は伊織の唇を舐めながらそう言って、そして大きな舌を、顎にすべらせる。音を立ててくちづけられ、そのまま咽喉へ、咽喉仏を舌先でくすぐられる。彼の大きな口で、咽喉を食いちぎられてしまいそうだ。それにぞくりとして、それでも襲われるような感覚に胸が高鳴る。

その間にも伊織の乳首は指先で捏ねられていて、生まれる思いもかけない感覚に、伊織は身動きができなかった。

「い、ぁ……ああ、あ……」

鎖骨を舌先でなぞられて、右の乳首にキスされる。左は指先で、右は唇と舌で愛撫《あいぶ》される。腰の奥からぞわりとした感覚が生じて、伊織は下半身をよじった。

「感じてきたか？」

そんな伊織の反応に、紅蓮は満足そうな息を吐いた。

「少しずつ感じさせてやる。おまえの体が、私にゆっくりと馴染《なじ》むようにな……」

「ん、っ……ぁ、ああ……！」

乳首を執拗《しつよう》になぶられる。ぴちゃぴちゃと、生々しい水音が立つ。伊織は途切れ途切れの声をあげながら手を伸ばし、紅蓮の肩に手を置いた。ふわふわとした手触りが心地いい。その感覚は、伊織をほっとさせてくれる。

紅蓮はちゅっと音を立てて、伊織の手の甲にくちづけた。そのまま少し歯を立てられ、それにもまた、感じさせられてしまう。

「やめろと言うか？　しかし……もう、遅いな」

「ああ、紅蓮……」

息を吐きながら、伊織は声をあげた。

「こ、んなの……もどかしい」

自分の声が甘く響いて、伊織はぞっとした。それでも声をあげるのはやめられなくて、再び甘ったるい声が響いた。

「もっと、して……」

「ほぅ」

思わず洩れた伊織の声に、紅蓮は驚いたように言った。

「もっと、とな？　もっとと、ねだるか」

「だって……、だ、って……！」

この先、なにをされるのかなんてわからない。もちろん伊織とて、セックスのことを知らないわけではない——しかし紅蓮の意図がわからないまま、体のあちこちに淡い愛撫を与えられるだけなのが、焦《じ》れったくて仕方がない。

「おまえを傷つけたくはないのだ」

子供を宥めるような、穏やかな口調で紅蓮は言った。

「少しずつ、味わわせてくれ……おまえの甘い体を、少しずつ」

「あ、や……ん、紅蓮……」

彼の手が、伊織の袴の紐《ひも》にかかった。しゅるっと音を立てて解かれる。下着ごと引き下ろされて伊織は、はっとした。

「もう、勃《た》っている」

嬉しそうな口調で、紅蓮は言った。彼の言葉の意味が一瞬わからなくて、しかしすぐに理解した伊織は、かっと頬を熱くした。

「あれしきの愛撫で、こんなに勃たせて。愛いやつ……」

「や、やだ……！」

小袖を腕に引っかけただけで、伊織はほとんど裸だった。紅蓮はしっかりと着込んでいるのに、自分の格好がたまらなく恥ずかしい。伊織は紅蓮の顔から視線を外して、すると唇にくちづけられ、牙を立てられた。

「なにが、嫌だ？」

「いや……俺だけ、裸、なの」

同時に乳首をつままれて、伊織はひくっと腰を震わせた。紅蓮の視線は、その拍子に揺れたであろう、伊織自身に注がれている。そのことに羞恥がますます大きくなった。

「紅蓮も、脱いで……」

「ふふ」

体を起こしながら、紅蓮は低く笑った。どこか艶《つや》めいたその声は伊織をどきりとさせる。彼の手が自身の腰にかかり、紐を解いて袴を脱ぎ、小袖も取り払って裸になるさまを、伊織は大きく目を見開いて見ていた。

「これでいいか？」

「は、はい……」

震える声で、伊織は答えた。紅蓮はまた笑い、そして体を密着させてくる。雷切との戦いの傷が微かに残っている体は、伊織よりも少し体温が低い。ひやりとした感覚に伊織は震え、紅蓮は腕をまわして抱きしめてきた。すると被毛の部分が密着して、それを直接肌に感じて、たまらない心地よさになった。

「あ、紅蓮……紅蓮」

「伊織」

求めるように呼び合って、互いの頬に手を置く。そのまま引き寄せてくちづけ合うと、改めての欲情が湧きあがってきた。

「ん、ん……」

強く舌を絡められる。きゅっと吸われてぞくぞくとした。ぺちゃぺちゃと音を立てて舐めあげられる。舌を噛まれてまた吸われ、すると腰の奥にまで、ぞくぞくとした感覚が走り抜けた。

「はぁ……あ、あ……っ」

たまらない感覚に、伊織は身を揺すって逆らった。しかし彼の唇を舐めている紅蓮は離さないというように手を体に這《は》わせてきて、胸を撫で、腹部を撫で、腰を撫でて、そして体の中心で勃ちあがっている伊織自身に触れてきた。

「いぁ、あ……あ、ああ！」

「これほどに反応して……かわいらしい」

吐息とともに、紅蓮は言った。

「先走りが溢れているな。どれ、私に味わわせろ……」

「ん、っ……！」

そっと先端に触れられて、透明な液体を舐められる。それがたまらなく恥ずかしくて、伊織はぎゅっと目をつぶった。ぺちゃ、くちゃ、と紅蓮が水音を立てる。

「甘いな」

彼は、満たされたようにそう言った。

「おまえの味は、なんとも甘い……期待していたとおりの味だ」

「な、に……言って」

そのようなものが、甘いはずがない。伊織は彼の腕の中で暴れたけれど、しかし紅蓮の逞しい腕は、伊織を離してくれなかった。

「本当だとも……おまえも、舐めてみるか？」

「い、や……」

伊織はそっぽを向き、そんな彼に笑いながら、紅蓮は伊織の頰にくちづけた。彼の体は伊織のそれに重なっていて、彼もまた自身を硬くしているのがわかる。そのことに背筋が震えたのに、紅蓮は気がついただろうか。

「もっと、おまえを味わわせろ」

そう言って紅蓮は、体を起こす。また舌でゆっくりと伊織の体をなぞり、彼をたまらない感覚に誘いながら、下半身で舌を止めた。勃ちあがった伊織の欲望をくわえたことに、伊織は驚いて目をみはる。

「いぁ……あ、あ……ああ」

彼の大きな口にくわえられ、じゅく、と吸いあげられた。つま先までに走る強烈な感覚があって、伊織は大きく身を反らせる。

「あ、あ……あ、ああ、あ……！」

下半身が、どくりと反応した。先走りが溢れ、紅蓮がそれをちゅくちゅくと吸いあげているのがわかる。彼は舌を鳴らし、はじめての経験に伊織は戸惑い、おののき、紅蓮の手から逃げようとした。

「逃げるな、伊織」

彼の腰を押さえ、紅蓮がそうささやきかけてくる。

「私のものになれと、言っただろう？　逃げることは、許さない……」

「ん、な……ぁ……っ」

紅蓮は大胆にざらざらとした舌を使い、伊織自身を舐めあげる。軽く咬まれて伊織はひっくり返った声をあげ、紅蓮はそれに、くすくすと笑った。

「あ、あ……ん、ん……っ、っん……！」

自分の声が、まるで恋鳴きをする猫のようだと伊織は思った。そのような自分の声は疎ましいばかりなのに、しかし紅蓮はそれを悦《よろこ》ぶように、伊織の腰を撫でてくる。

「いいぞ、達《い》け……伊織」

張り詰めた伊織自身を、指先で撫であげながら紅蓮は言った。

「おまえのすべてを、私に飲ませろ」

「んぁ、あ……あ、あ……ん、んっ……」

くわえた伊織の欲望に、紅蓮は指をかけた。絡ませると上下に扱《しご》き、伊織をますます追い詰めた。

「や、ぁ……達く。達く、から……！」

「ああ」

紅蓮は、どこか嬉しそうな声でそう言った。指を絡めて何度もなぞられ、吸いあげられては先端を舐められ、伊織は自分の意識を保っているだけで精いっぱいだ。

「達け……伊織」

「あ、あ……あ、ああ、あっ！」

強く、吸いあげられた。腰の奥が大きく反応する。頭の中が真っ白になって、自分が今どういう状況に置かれているのかもわからなくなって――伊織は、咽喉の奥から声を嗄《か》らした。

「……っあ、あ……あ、あ……！」

どく、どく、と欲望が洩れる。じゅくじゅくと、紅蓮がそれを舐め取るのがわかった。

彼は咽喉を鳴らし、そして大きな口のまわりをぺろりと舐めた。

「美味だな、思ったとおり」

紅蓮は体勢を変え、伊織の頬を舐めた。そのままくちづけられて、すると苦い不愉快な味がする。

「紅蓮は、変です……」

喘ぐ声で、伊織は言った。

「こ、んなの……美味だ、なんて」

「しかし、実際美味なのだから、仕方あるまい？」

まるで叱《しか》られた子供のように、紅蓮は言った。

「おまえのものだと思うと、ますます美味だ。こうやって、おまえの欲を味わいたかった……」

紅蓮の言葉に、伊織は目を見開いた。彼の、凜々しい獣頭が目に映る。伊織は手を伸ばし、彼の被毛に触れる。指先で毛を梳《す》きながら、伊織は呟いた。

「い、つから……」

「ん？」

じゃれつくように、伊織の頰を舐めている紅蓮が語尾をあげた。

「いつから……俺の……、俺に、こういうこと、を」

「いつからおまえを見初めていたか、と？」

紅蓮の言葉に、伊織は羞恥を隠そうとしながら頷いた。しかし紅蓮にはお見通しらしく、彼はくすくすと笑いながら、伊織の唇を舐める。

「もちろん、はじめておまえを見たときからだ」

「あの、池で？」

「ああ」

ますます恥ずかしいことを耳にしながら、伊織はほっと息をついた。ずぶ濡れの、異世界からの訪問者に心惹かれるなどということがあるのだろうか——しかし間近にある紅蓮の瞳は真剣で、伊織を冷やかしているようには思えない。

「おまえとて、そうだろうが」

「俺……？」

そうだ、と紅蓮は、どこか威圧的な調子で言った。

「私をはじめて見たときから、惹かれていた……そうだろう？」

「紅蓮……」

彼は自信に満ちた口調でそう言い、伊織は思わず彼を見つめた。紅蓮の口の端はきゅっとあがっていて、その自負心のほどを示している。

「そんな、こと」

「いいや、そうに違いない」

紅蓮は言った。

「おまえが、私を見つめる視線……その瞳に、私は惹かれたのだからな」

そう言って彼は、再び伊織にくちづける。いきなり舌を絡ませてくる濃厚なキスに伊織はたちまち酔わされてしまい、彼の大きな手で全身を撫でられて、あえかな声をあげた。

「おまえも、私を味わうといい」

伊織の耳に口を押しつけ、紅蓮はそうささやいた。

「私も、もっと……深いところで、おまえが欲しい」

「ぐ、れん……？」

戸惑う伊織の下肢に、紅蓮は手を伸ばした。激しく愛撫されたせいで緩やかに勃ってい
る自身を撫でられ、その奥、双丘の間に指を差し入れられた。

「や、っ……！」

「ここを、慣らしてやろう」

彼は布団の脇をごそごそと探り、そして伊織の蕾《つぼみ》に、なにかぬるりとしたものを塗りつ
けてきた。

「な、に……」

「薬だ。おまえのここを解くのに、ちょうどよかろう？」

あの緑の、どろりとした薬を思い出した。ひどい怪我も数日で治ってしまう、不思議な
薬だ。しかしあれを塗りつけられることには抵抗があって、伊織は下肢をくねらせた。

「逆らうな……私に、身を委《ゆだ》ねろ」

「ん、ぁ……あ、あ……っ」

薬のぬめりを借りて、指が挿《はい》ってくる。あまりの違和感に、伊織は声をあげてしまう。

「ふふ……ここだな」

「あ、あ……あ、ああ、あ！」

彼はいきなり、第二関節ほどまで指を差し入れた。その部分を何度も擦《こす》られて、するとつま先までがぞくぞくする、未知の感覚が迫《せ》りあがってくる。

「いや、あ……あ、……そ、こ……！」

「感じるだろう？」

憎々しいまでに余裕の口調で、紅蓮がささやいた。その声が少し掠れていることに、伊織は気がついた。

「ここが感じない男はいるまい……おまえのすべてを蕩《とろ》かせる、秘められた場所だ」

「いや、い……や、だ……っ……」

伊織は声をあげて、紅蓮の腕から逃げようとした。しかし紅蓮は伊織の秘所をもてあそぶまま、彼を離そうとはしない。

「や、ぁ……あ、あ……あ、ああ、あ！」

「感じているだろう？」

どこか意地の悪い調子で、紅蓮は言った。

「どうしようもなく、感じているのであろうに……逆らうな」

「んぁ、あ……やだ、や……ぁ……っ……」

くねくねと指をうごめかされて、蕾が少しずつ緩んでくる。紅蓮は指を二本に増やし、内壁をかき乱した。はじめて触れられた前立腺《ぜんりつせん》が、執拗に触れられるせいで少しずつ腫《は》れぼったくなってくる。敏感すぎるそこは伊織を狂おしくして、彼は声をも失って身悶えした。

「や、ぁ……紅蓮。ぐ、れ……ん……っ……」

「いい姿だ、伊織」

満足そうに、紅蓮がそうささやく。

「もっと見せろ……私を、満たせ」

「っ、ん……ん、っ……！」

じゅく、じゅくと濡れた音が、下肢のほうから聞こえる。それがあまりにも恥ずかしくて、しかし紅蓮の手は伊織の脚を拡《ひろ》げさせ、なおも奥をゆっくりと解《ほぐ》していくのだ。

「は、ぁ……あ、ああ……っ……」

指が、また増えたような気がする。少しずつ潤滑油代わりの薬を塗り込まれて、秘奥はぐちゃぐちゃと柔らかく緩んでいる。

「そろそろ、いいか？」

どこか切羽詰まった声で、紅蓮が言った。その声音に伊織は、はっとする。間近に迫る紅蓮の瞳は、深い欲情に濡れている。その色に、心を揺り動かされた。胸の中で渦を巻いていた欲望が、体中に沁み渡っていくのが感じられる。

「おまえを、食わせろ」

その獣頭の印象のまま、獰猛《どうもう》な声音で紅蓮は言った。

「このように、蕩けたおまえ……さぞ、食いでがあるだろう」

「ぐ、れん……」

伊織は、はっと息をついた。紅蓮の琥珀の瞳を見つめながら、ゆるゆると脚を開く。紅蓮は驚いたように、伊織を見やった。

「き、て……」

自分の掠れた声が、妙に艶めかしく耳に届いた。

「紅蓮が、欲しい……」

伊織のささやきに、紅蓮がごくりと唾を飲む。今まで傲然《ごうぜん》たる態度を取っていた紅蓮が、目を丸くしていた。そんな彼に、伊織は微笑みかける。

「ね、ぇ……？」

「伊織」

紅蓮は、その鋭く尖った牙を見せた。食われる、と思った――伊織は反射的に目を閉じて、すると秘所からくちゅりと指が引き抜かれる。

「あ、あ」

今までの違和感を失って、伊織は声をあげた。紅蓮が体を寄せてくる。蕾には太く、硬いものが押し当てられて、伊織の声は長く、続く。

「あ……あ、あ……あ……」

「伊織」

紅蓮はまた名を呼んできて、そして伊織の瞳を見返す。彼の、欲望に濡れた目の色が伊織をとらえた。ふたりは見つめあったまま、少しずつ繋《つな》がり、ひとつになっていく。

「んぁ……あ、あ……あ、あ」

「っ、ん……」

彼自身が、前立腺に擦りつけられた。紅蓮の指にいじられて腫れたそこを、刺激される。迫りあがるような激しい快感を如実に感じ取り、伊織は大きく背を反らせる。

「あ、あ……あ、ああ、あっ！」

激しすぎる快楽に溺《おぼ》れる伊織を慰めるためか、紅蓮は伊織にくちづけてきた。ちゅ、ちゅと掠めるようなキスをしながら、彼は自身を突きあげていく。

「ふぁ、あ、あ……あ、あ……」

「く、ぁ」

紅蓮の手は、伊織の腰に置かれている。そのままぐっと引き寄せられて、ずず、と欲

望が内壁を擦った。

「あ……あ、あ……あ、あっ！」

伊織は大きく目を見開く。頼るものを求めて紅蓮の背に縋り、するとふわふわの被毛に顔を埋める格好になった。紅蓮の柔らかい部分の感覚を味わい、沁み渡る温かさに息をつくのと同時に、ぐいと深く突かれてまた瞠目した。

「やだ、や……紅蓮、ぐ、れん……！」

「もっとだ、伊織」

はっ、と息をつきながら紅蓮はささやいた。

「もっと、おまえを……深く、まで」

「いぁ、こわ……っ……」

紅蓮は、大きく身を振るった。体内の彼自身にもそれは繋がり、敏感な部分を刺激されて、伊織はまた声をあげる。

「怖い、こわ……、これ、以上……！」

「恐れるな」

熱く、艶めいた声で紅蓮は言った。

「私を受け入れろ。もっと、もっとだ……」

「いぁ、あ……あ、ああ、あ！」

ずん、と体の奥に振動があった。紅蓮自身が、深く伊織の秘所を突いたのだ。最奥を抉られた、と思った瞬間ずるりと抜かれ、また突かれて、伊織は大きく身をのけぞらせた。

「あ、ふ……っ、あ……あ、ああっ！」

「ふ……、伊織」

彼の口が、伊織のそれをとらえる。くちづけられて舐められて、伊織はひくひくと体を震わせた。そんな彼を抱きしめて、紅蓮はますます体を追い立てた。

「あ、あ……あ、ああ、あっ」

ずりゅ、ずりゅ、と接合部分が音を立てる。突きあげられたときの衝撃、引き抜かれたときの感覚、それに交互に苛まれながら、伊織自身もまた限界を迎えつつあるのを感じる。

「あ、紅蓮……」

ぞくぞくする感覚を訴えようと、伊織は声をあげた。

「俺、また……達く。達、ちゃ……っ……」

「達け、伊織」

掠れた声で、紅蓮は言った。

「私も……おまえの、中に」

「あ、あ……っ……あ、あ！」

体内で紅蓮が、またひとまわり大きくなったように感じる。それにぶるっと身を振るい、伊織は思わず、受け入れているところを締めつけた。

「……伊織」

切羽詰まった声で、紅蓮が呟く。伊織は、はっと目を開き、彼を見やった。その琥珀の瞳が揺れる。それはまるで、伊織を責めているようだ。

「私を、追い詰めるか……？」

「そ、んな……つもり、じゃ」

彼は、ふっと笑った。伊織の腰にかけた指に力を込め、律動を激しくする。

「あ、あ、あ……っあ、あ！」

再びの抽送に伊織は声をあげ、それに促されて自らを放つ。ふたりの肌は、伊織の欲液に濡れた。ぐちゅぐちゅと音を立てながら、ふたりは最後を駆けあがる。

「んぁ、あ……あ、ああ、ああ！」

「伊織……、っ……！」

どくん、と大きな衝撃があった――体の奥に、大きな熱が放たれる。伊織は大きく息を呑み、どく、どく、と注がれる熱を感じていた。

「は、ぁ……あ、あ……っ……」

「っあ……」

ふたりは折り重なったまま、激しく息を継いでいた。やがて少し落ち着いて、互いの目を見やる。見つめあって、そしてくちづけた。

「ん……」

下半身は深く繋がったまま、触れるだけのキスをする。そのギャップに溺れながら、伊織は掠れた声で呟いた。紅蓮の毛並みに触れる。撫であげて、その柔らかい感覚を楽しむ。

「紅蓮……、好きです」

そう言って、そして伊織は驚いた。自分がそのようなことを言うとは思っていなかったのだ。紅蓮は少し驚いたように、同時に満たされたように微笑んで、そしてちゅっと音のするキスをしてきた。

「ああ。私もだ。愛している……伊織」

伊織は、ぎゅっと紅蓮を抱きしめた。強く抱きしめ返される。彼の腕の中で伊織は微笑み、そしてそっと、目を閉じた。

伝わってくる彼の体温、被毛の柔らかさが、たまらなく心地いい。

第六章　縁結びの神さま

きゃあきゃあと響く、甲高い声に伊織は目を覚ました。

「……ん？」

横になっていたのはいつもの布団で、体を起こすと身の奥がきりっと痛んだ。その理由を考えた伊織はたちまち顔を熱くして、蘇《よみがえ》る記憶を追い払おうとした。

聞こえてくる声は、狛狐たちのものだ。なにを騒いでいるのだろう——好奇心に駆られた伊織はゆっくりと布団を出て、障子を開けた。

「あ、伊織！」

「おはよう、伊織！」

たちまち狛狐たちが駆け寄ってくる。彼らは伊織に取り縋り、てんでに甲高い声をあげた。

「なんだか、参拝者がいっぱい増えたよ！」

「お参りする人が、いっぱいいなんだ！」

「……え？」

彼らの言っていることがわからず、伊織は手を引かれるがままに外に出る。境内の様子は見たところなにも変わっていないけれど、確かにいつもとはなにか、気配が違うような気がする。

「なんだか、違う」

「でしょう？」

稲ちゃんが、誇らしげに声をあげた。

「人間の世界でね、参拝してる人がいっぱいいるの！」

「いっぱい人間が来てるんだよ！　今までにこんなこと、なかったのに！」

ほーちゃんも興奮を隠せないようだ。ふたりに袖を引かれ、拝殿に向かった伊織は、そこに紅蓮の姿を見た。

（紅蓮）

彼と枕を交わしてから、会うのははじめてだ。伊織は思わず緊張したけれど、紅蓮はそのようなことはおくびにも出さず、伊織を見て微笑んだ。

「なんだか……参拝者が増えたって聞きました」

「ああ、そうだ」

紅蓮は頷いた。

「このようなことは……本当に久しぶりだな。人間の気配が、心地いい」

そう言って、彼はため息をつく。そして伊織を見て、また笑みを作った。

「おまえがいるからだ。おまえが、人間たちの念を呼んできてくれた」

「そんなこと……」

伊織は思わずうつむいた。伊織にはなにか気配が違うということしか感じられないけれど、やはり狛狐たちの言うことは正しいのだ。この飛泉稲荷に、賑やかさが戻ってきたのだ。

「鬼丸が、帰ってきたからじゃないですか？」

「その鬼丸さまも、おまえが取り返してきてくれた」

紅蓮は誇らしげに、声をあげる。

「おまえは、この稲荷の救いの神だな」

そう言った紅蓮は、伊織に近づいてきた。肩に手を置いて、頬にちゅっとキスをしてくる。

「わ、わ、わわっ！」

伊織は思わず声をあげて、紅蓮から逃げた。そんな伊織を見て、紅蓮が笑っている。狛狐たちが伊織のもとに駆け寄ってきて、ふたりは手をつないでじっと伊織の顔を見た。

「……なんだよ」

八つ当たりのように、伊織は低い声でそう言った。狛狐たちは弾けたように笑うと、伊織のまわりをぐるぐるとまわりはじめる。

「今さら、恥ずかしがることなんてないのにねー」

「ねー」

「なんだよ、おまえたち！」

狛狐たちは、なおも笑っている。恥ずかしいやら腹立たしいやらで、どういう反応をすればいいのか迷っている伊織が紅蓮のほうを見ると、彼も笑って手を差し出してきた。

「こちらだ、伊織」

「はい？」

今度は紅蓮に手を取られ、伊織は拝殿にまで歩いていった。玉砂利の敷いてある、見たところいつもと同じ変わったところのない拝殿だけれど、やはり雰囲気が違うのをはっきりと感じ取ることができる。

「ここに立て」

紅蓮が言うままに、拝殿の前に立つ。目を閉じるように促され、言われるがままにそうすると、女性の声が聞こえてきて驚いた。

『よいご縁がありますように』

「え、え？」

惑う伊織の耳に、さらなる声が入ってきた。

『彼氏と結婚できますように』

「なんですか、これ……」

紅蓮は微笑んで、言った。

「人間の世界のこの場所で、願いを述べている人間たちの声だな」

「そういうの、聞こえるんだ……」

伊織は耳を澄ませる。次々に聞こえてくるのは女性の声ばかり、しかも恋愛絡みの願いばかりなのだ。

そのことを紅蓮に問うと、彼は少し困ったような顔をする。

「どうやらここは、縁結びの神社になってしまったようだな。稲荷には性愛を司る一面もあるとはいえ……ここは、もともとはそうではなかったのだがな」

「なんででしょう？」

伊織が首を傾げると、紅蓮は笑った。なぜ笑うのだろうかと伊織は不思議に思い、すると彼は手を伸ばして伊織の腰に触れてくる。ぐいと、力を込めて引き寄せられた。

「私とおまえが、結ばれたからではないか」

「あ、あ……！」

改めてそう言われると、新たな羞恥が湧きあがってくる。伊織はまた逃げようとしたけれど、紅蓮の手はしっかりと伊織を抱きしめ、離そうとはしない。首もとに彼の毛並みが感じられて、くすぐったくも心地いい。

「私たちがこうやって一緒にいるのだ、そのように……ああいった願いを持つ人間が、集まってくるのは不思議ではなかろう？」

「そう、かもしれませんけれど……！」

そう叫んで、伊織は紅蓮を振り払った。玉砂利を踏みながら走って逃げる。その様子を、狛狐たちが笑いながら見やっていた。

父と母、兄弟たちに出会った。それは夜の、夢の中だ。

「あ、なんだか久しぶり」

「久しぶり、じゃないわよ。そっちの世界では、うまくやってるの？」

そう言ったのは、母だった。伊織は笑いながら頷いた。

「まぁ、ね」

そして家族の顔を見つめながら、そうだ、と話を切り出した。

「最近、そっちで変わったこと、なかった？」

「それがね、すごいんだよ。お兄ちゃん！」

興奮気味の声でそう言ったのは、妹だ。

「急に、参拝してくれる人が多くなったの。平日でも毎日人がいっぱいで、捌《さば》ききれないくらい！」

伊織の胸が、どきりと鳴った。そうなんだ、と言葉を返しながら、やはりこちらで感じたことは、気のせいではなかったのだと実感する。

「なんとかいう有名な占い師が、ここがパワースポットだって言い出したんだ」

困惑した様子で言うのは、父だ。

「縁結びの、パワースポットだそうだ。おかげで、毎日押すな押すなだよ」

どこか困ったように言いながらも、それでも父は嬉しそうだ。それはそうだろう、自分たちがお守りしている神社の価値が、皆に伝わったのだから。

「それよりおまえ、帰ってこられるのか？」

心配そうな顔で、兄が言った。

「夢で会える、とはいえ、そんなところで……実際にはおまえ、行方不明で事件ものだぞ」

「わから、ない」

今度は伊織が困惑する番だ。

「帰れるのかもしれないし、無理なのかもしれない……けど」

伊織の脳裏には、紅蓮の顔が浮かぶ。もとの世界を恋しいと思う気持ちはもちろんあるけれど、紅蓮と離れたくない。彼のそばにいたい。

「俺のこと、忘れないで。またこうやって、夢で会って……？」

そうささやくと同時に、目が覚めた。障子越しに、朝の光が差し込みはじめている。


その日の伊織は、紅蓮に新しい仕事を教わった。

「人間たちが捧げた願いを、神に直接手渡す仕事だ」

「手渡す……？」

伊織は首を傾げた。具体的にどうすればいいのか、まったく想像することができなかったからだ。

「そうだ。たとえば、これだ」

伊織たちは、拝殿の中にいる。姿は見えないけれど、拝殿に向かって祈る人間たちの願いの声が、ひっきりなしに聞こえてくる。

紅蓮はなにかを摑《つか》む仕草をした。彼が手にしているのはピンポン球くらいの珠で、中がきらきらと光っている。

「これは……？」

「人間の願いが形になったものだ。ほら、よく見てみろ」

言われて伊織が覗き込むと、中には文字が浮かんでいる。ひと文字ひと文字ゆらゆらと揺れているのではっきりとは読み取れないが、いくつも聞いてきた女性の声での、恋の願いが文字になっているようだ。

「これを本殿に運ぶ。そこで鬼丸さまに渡すのだ」

「鬼丸に？」

伊織の知っている鬼丸は、御神刀とはいえひと振りの刀だ。刀に『渡す』？　意味がわからなくて混乱している伊織の手を引っ張って、紅蓮は珠のひとつを摑ませる。

「わ……、あったかい」

「だろう？　人間の願いが凝縮したものだ。その願いが強いほど、この珠は熱い」

「へぇ……」

自分の手にした珠を、伊織は矯《た》めつ眇《すが》めつした。中にうっすらと見える文字の中には、結婚、というものがあった。

「これを、鬼丸さまに捧げる」

拝殿を出て、本殿に向かう。伊織は慌てて紅蓮のあとを追いかけた。静謐に包まれている本殿の前で一礼し、紅蓮は先に進んでいった。

「我がきみ」

紅蓮は本殿の中に向かって呼びかけた。奥には、鬼丸をかけてある刀掛け台がある。そこにある刀は、いつもどおりに圧倒的なオーラを放っていた。

「どうぞ、ご検分ください」

そう言って、鬼丸の前に珠を置く。するとあたりの空気がゆらりと揺れて、伊織はあっと驚いた。

「誰……？」

現れたのは淡い色の髪の、白い狩衣《かりぎぬ》装束をまとった青年だった。金色の瞳で伊織たちを睥睨《へいげい》している。彼の体は向こうが透けて見えて、だから実体ではないのだ、と伊織は思った。

「我がきみ、また忙しくなりますぞ」

嬉しそうに紅蓮は言った。鬼丸が微笑んだように見えた。彼はしゃがんで珠を取りあげ、じっと見つめると、ふっと息を吹きかけた。

「あっ」

すると珠は、溶けるようになくなってしまった。鬼丸は伊織を見て、促されるがままに次の珠を鬼丸の前に置くと、鬼丸はそれを拾いあげて、同じことをした。

「こうやって、ひとつひとつの願いを、我がきみに差しあげる」

「それを繰り返すってことですか」

そうだ、と紅蓮は頷いた。伊織は拝殿のほうを振り返る。目には見えないけれどたくさんの人が集まっていることは気配でわかる。人間界の飛泉稲荷では、よほどの賑わいだろう。

「そうだ。ひとつひとつ、繰り返す」

「……大変そう」

思わず伊織が呟くと、紅蓮は責めるような視線で伊織を見た。

「もちろん、大変だとも。しかしそれが我らの務め」

紅蓮の声は、少しばかり強張《こわば》っている。それでいて笑顔なのは、こうやって仕事ができることが嬉しいからなのだろう。今までできなかった仕事が、楽しいからなのだろう。

伊織は顔をあげた。鬼丸の姿は薄く薄く、霧のようになっているけれど、それでもその存在ははっきりとわかる。彼に向けて、伊織は頭を下げた。

「俺も頑張ります。どうぞよろしくお願いします！」

顔をあげると、鬼丸はにっこりと微笑んだように思った。相変わらずその姿はぼんやりとしてはっきり見えないけれど、鬼丸の本体を見たときの圧倒的なオーラは、眩しいほどに感じられた。

「では、本格的に仕事にかかるか」

「はいっ！」

伊織が元気に返事をすると、紅蓮は笑った。彼は手を伸ばしてきて伊織の手を取り、ぎ

ゅっと握られて伊織は、頬が熱くなるのがわかった。

　再び拝殿に向かって歩くふたりの姿を見つけて、狛狐たちが走ってきた。

「参拝の人たち、いっぱいだよぅ！」

「拝殿が、祈りの珠でいっぱいになっちゃう！」

　そうか、と紅蓮は言って、狛狐たちの頭を撫でてやる。

「稲ちゃんとほーちゃんも、手伝ってくれる？」

「もちろんだよぅ！」

　はしゃいでいるふたりは、同時に大きな声でそう言った。

「お仕事いっぱい！　たいへんたいへん！」

　彼らは拝殿に走っていって、その後ろ姿を追いながら、伊織は紅蓮をちらりと見やり、彼の微笑に、笑顔で応えたのだった。

□

　きゅっきゅ、と音がする。伊織は布で、狛狐たちの台座を磨いていた。

稲ちゃんとほーちゃんが、手をつないでその様子を見つめている。彼らと目が合って、伊織が微笑むと彼らも笑った。

「きれいにしてもらえると、気持ちがいいね！」

「なんだか、すがすがしい気分になるよ！」

そう言われて、伊織は満足げに頷いた。稲ちゃんが手をほどいて台座に登ろうとし、伊織は慌ててそれを止める。

「危ないよ、磨いたばっかりなのに。落ちたら痛いよ？」

「痛いのは、嫌だなぁ」

そう言って稲ちゃんはしぶしぶ台座から離れる。そしてまたほーちゃんと手をつないだ。

「さ、今度は掃き掃除だよ。ふたりとも、自分の箒、持ってきて？」

「はぁい！」

ふたりが社務所に向かおうとしたのと同時に、目の前の道を歩いていく女性の姿が目に入った。伊織がこの世界に足を踏み入れたころ、助けてくれた岩巣比売神《いわすひめのかみ》だ。彼女は伊織たちを目に留めて、こちらに近づいてきた。

「元気そうで、なにより」

「こんにちは。お久しぶりです」

伊織と、狛狐たちが頭を下げる。彼女は微笑んで、三人を見やっている。

「そなたのところも、勢いを取り戻しつつあるようだな」

「おかげさまで、ありがとうございます」

「ご神体が戻ってきたとか。よきことだ」

どこで聞きつけたのか、岩巣比売神は飛泉稲荷の事情を知っていた。まさか紅蓮と伊織の事情までは知らないだろうけれど。そしてふたりの関係が、神社の繁栄にどこまで関係あるのかもわからないけれど。

「このように、どこの神も人間の支持を受けられればよきことなのだがな」

ふっ、と岩巣比売神はため息をついた。

「どの神社だったか……眷属がひとり勝手に動いてな。結果、宝物中の宝物を何者かに盗まれ、眷属の資格を奪われた者がおるとか」

どきり、と伊織の胸が鳴る。雷切のことだろうか。そう言ってまた、ひとつため息をついた岩巣比売神は、すべてを見抜いているのではないかと思った。

岩巣比売神は伊織の後ろに目をやって、はっとした顔をする。

「お久しぶりです」

紅蓮の声だ。振り返ると彼は、いつものどこか大胆な態度はどこへやら、神妙な顔で頭を下げている。

「いろいろとお世話になりまして。おかげさまで、ご神体も戻ってまいりました」

「懸念には及ばぬ。困りごとがあるときは、互いに助け合わねばならぬ」

そう言って彼女は、ぱたぱたと手を振って行ってしまった。四人は岩巣比売神の姿が見えなくなるまで見送り、そして顔を見合わせた。

「まったく、本当によかったことだ」

どこかしみじみとした口調で、紅蓮は言った。

「なにが？」

「鬼丸さまが戻ってきたこと？」

「伊織と、いい仲になれたこと？」

ふたりの関係を示唆されて、伊織は思わず声をあげた。しかし一方の紅蓮は、まるであたりまえのことであるかのように、そうだな、と言って、そして伊織の腰に腕をまわす。

「やっ、やめてください！」

「そう、つれないことを言うな」

彼は笑って口を近づけてくる。伊織は懸命にキスを避け、すると狛狐たちが笑った。

「こんなところで……」

「なにを言うか」

キスの代わりに、伊織の頬を指先でつつきながら紅蓮は言う。

「私たちは、縁結びの神に仕える者だ。そんな私たちが、幸せでなくてどうする」

「だからって、こんなところでやめてください！」

キスからは逃げられたけれど、伊織はなおも紅蓮の腕に抱きしめられたままだ。そんなふたりのまわりを、手をつないだ狛狐たちがぐるぐるとまわる。

「わぁ、伊織は、紅蓮さまのお嫁さまだね！」

「狐のもとに、嫁入りだね！」

伊織は驚いて目を見開く。紅蓮がくすくすと笑って、伊織の腰にまわした腕に力を込める。抱き寄せられて、素早く唇にキスをされて、伊織の頬がかあっと熱くなった。

「愛している、伊織」

耳もとで、そうささやかれた。琥珀色の彼の瞳を見つめると、彼は目を眇めた。幸せそうな笑みだ。伊織はそれにとらえられ、動けなくなる。紅蓮のまなざしは甘い拘束のように、伊織の腕や足に絡みついてきた。

月明かりの夜

社務所の縁側に座り、伊織《いおり》は草履の足をぶらぶらとさせていた。

空を見あげれば、一面の闇《やみ》だ。とはいえ、この世界は空気がきれいだ。月も星も磨かれた宝石のようにきらきらと輝いていて、見飽きるということがない。

「ふぁ……あ、あ……」

夜空を見つめていると、あくびが出た。しかし人目を気にする必要などないのだ。伊織は思いきり口を開けてあくびをし、ついでに両手足を精いっぱい伸ばした。

「ん？」

小さく笑う声が聞こえる。そちらを振り返ると、紅蓮《ぐれん》が立っていた。誰《だれ》もいないと思ったのに、と伊織は恥ずかしくなり、うつむいた彼の隣に、紅蓮は座った。

「いい夜だな」

「そうですね」

ふたりはどこかぎこちなく挨拶《あいさつ》をした。伊織を笑っておきながら紅蓮もあくびをし、後ろに手をついて夜空を見あげている。

「眠らないのか？」

「なんか……寝るの、もったいなくて」

その気持ちはわかる、と紅蓮は微笑《ほほえ》んでみせた。

「うつくしい夜だ。夜はいつでもうつくしいが……今日は、格別だ」

「わかります」

ふたりは黙って、空を見ていた。あ、と伊織が声をあげた。

「どうした?」

「流れ星だ」

「流星など、珍しくもないだろう」

本当になんでもないことのように紅蓮が言ったので伊織は驚き、そして「ああ」と納得した。

「こんなにきれいだったら、流れ星もしょっちゅう見えるんですね。俺の……もとの世界では、こんなに空がきれいじゃないから。なかなか見られるものじゃないんです」

「そうか」

なおも空を見あげながら、紅蓮は答えた。そんな彼をじっと見つめていた伊織は、ふいと紅蓮を見て、言った。

「紅蓮たちは……神の、眷属《けんぞく》なんですよね?」

「そうだな」

空を見つめたまま、紅蓮は言う。

「神を……守る存在なんですよね」

「まぁ、そうだな」

紅蓮は伊織の顔に視線を移して、言った。

「私は鬼丸さまを奪われ、守ることもできなかった情けない眷属だが……」

「そん、なこと」

伊織は言葉に迷った。そのようなことを言って、紅蓮を責めたかったわけではないのだけれど。

「そんなことじゃなくて……別に、責める気はないです」

「そうか？　お前にそう言われると、心安らぐが」

伊織を見て、紅蓮はそう言って微笑んだ。伊織は頷《うなず》き、そして少し、彼に近づいた。

「どのくらい寿命があるんですか？」

「寿命？」

伊織の視界の先で、星がきらりとまたたいた。

「寿命か……さぁ、どうなのだろうな。今まで、考えたこともなかったが」

紅蓮はのんびりとした調子で、そう言った。そして伊織を見ると、驚いた顔をした。

「ともすれば、おまえ……人間は早く死ぬとか、おまえが俺を置いて黄泉《よみ》に向かうとか
……そういうことを考えているのではないだろうな？」

「え、それは」

どきりとした伊織は、思わず自分の胸に手を置いた。

「おまえは、私を置いて黄泉に向かうつもりか？」

「そ、んなこと……したくは、ないですけど」

震える声で、伊織は言った。

「でも、俺はただの人間だし。百年もしないうちに、死んじゃうだろうし……」

「確かにおまえは、ただの人間……それ以上のものではないだろう」

紅蓮は手を伸ばしてくる。腰に手をまわされ、ぐいと引き寄せられた。そのまま額にキスをされて、伊織はどぎまぎと胸を震わせた。

「しかし、今のおまえはこの世界にいるのだ。なにがあったのか、理屈はわからぬが……おまえは、私とともにいる」

「は、い」

震える声で、伊織は言った。

「では、憂慮する必要などないではないか。今、こうやってともにいる。そのことが、なによりも大切なのだからな」

はい、と伊織はうつむいて、頷いた。いい子、とでもいうように紅蓮は伊織の頭を撫《な》で、髪をかき混ぜられて伊織はますますうつむいた。

「顔をあげろ、伊織」

紅蓮は言った。

「私に、おまえの顔を見せろ」

言われるがままに顔をあげると、間近に紅蓮の顔があった。あまりにも近くに彼の凛々《りり》しい顔があって、伊織の胸はどきどきと鳴った。

「麗しい顔だ……今すぐにも、私だけのものにしてしまいたい」

「お、れは……紅蓮の、もの、です」

たどたどしい調子で、伊織は言った。

「わかってるでしょう？　雷切《らいきり》にも、そう言ったくせに」

雷切の名が煩わしかったのか、紅蓮は少し嫌な顔をした。伊織は一瞬、後悔したけれど、紅蓮はすぐに表情を和らげ、伊織に口を近づけてきた。

「ん、ん……！」

キスをされる。口が重なって、甘い感覚が口から体に流れ込んできた。伊織は、ふるりと体を震わせる。紅蓮の腕が伊織を抱きしめた。

「あ、あ……あ」

思わず甘い声が洩《も》れ、紅蓮が笑う。彼は伊織の体を包み込んで引き寄せ、そのまま押し倒した。

「や……、紅蓮……」

「おとなしくしろ、伊織」

どこか悪辣《あくらつ》な口調で、紅蓮は言う。

「私に逆らうな。……私に、抱かれろ」

「ふぁ、あ」

くちづけたまま紅蓮は、伊織の体に触れた。首を、肩を、腕を。なんでもない場所であるはずなのに伊織は激しく反応してしまい、そんな自分に羞恥《しゅうち》した。

伊織、と紅蓮がささやく。彼は小袖の合わせに手を差し入れ、鎖骨をなぞってくる。胸に触れられ、乳首を掠《かす》められて伊織は大きく腰を跳ねさせた。

「や、ぁ……あ、ああ、あ!」

「相変わらず、敏感だな」

紅蓮はなおも笑っている。そのまま小袖の合わせをぐいと押し開いて、伊織の上半身を露《あら》わにしてしまう。ひやりとした空気が肌を包み、伊織はまた反応した。

「どうだ……私を、味わいたいだろう?」

そう呟《つぶや》きながら、紅蓮は身を重ねてくる。彼の重みが心地いい。首もとの毛並みに、いつまでも頬《ほお》を擦《こす》りつけてしまいたくなる。伊織がほっと息をつくと、紅蓮はまた笑った。

「欲しいと言え。私を、欲しいと……」

「あ、あ……！」

艶《なま》めかしい声で促されて、伊織は声を震わせる。

「言え……。さもないと、してやらないぞ？」

「やっ……、っ……」

伊織はますます強く、紅蓮に抱きつく。彼の重みのみならず、厚みも肌に感じてますます伊織は追い立てられ、ひくりと腰を跳ねさせた。

「し、て……」

掠れた声で、伊織は言った。

「紅蓮……し、て」

「なにをだ？」

伊織の唇を舐《な》めながら、紅蓮は小さく言う。ぎょっとして、伊織は目を見開いた。

「ふふ……嘘《うそ》だよ」

腰に手をすべらせ、袴《はかま》の腰紐《こしひも》を緩める。しゅる、という音が耳につく。前に彼に抱かれたときのことを思い出し、伊織の体は大きく震えた。そんな彼を宥《なだ》めるように、紅蓮の手がゆっくりと体をなぞる。

「抱いてほしいのだろう？」

「う、ん」

伊織は頷き、自分も紅蓮の袴の腰紐を探る。しかしこの角度ではどうなっているのかちゃんと見えなくて、やみくもに引っ張ると紅蓮が笑った。

「抱いて……、紅蓮」

「もちろんだ」

伊織はたちまち、小袖を腕に引っかけているだけの格好になった。紅蓮は体を起こして、自分のまとっているものを脱ぐ。隆々とした彼の体が露わになって、伊織はどきりと胸を鳴らした。

「抱いてやろう……おまえが、もういいと言って泣くまでな」

どこか荒々しい調子でそう言って、紅蓮は改めて伊織にキスをしてくる。彼とのくちづけは心地いい——伊織は自らも唇を押しつけ、ちゅっと音を立てて吸いあげた。

伊織、と紅蓮が小さく言う。伊織が積極的な行為を見せたことに驚いたのだろう。そのことに少し笑いながら、伊織は紅蓮の体を抱き寄せた。

「あ、あ……」

彼の手が、胸を撫でる。乳首をつままれて、それに腰が大きく跳ねた。紅蓮はひとつをつまんでよじり、もうひとつに唇を押し当てる。ちゅく、と吸われて伊織はまた下肢を反応させる。

「おまえは本当に、ここが感じやすいな……」

嬉《うれ》しそうな口調で、紅蓮は言う。

「これほどに小さな場所なのに、おまえの体には並ならぬ影響を与えるようだな……？」

そのようなことを言われて、その羞恥から伊織は視線を逸《そ》らせて逃げようとした。しかし紅蓮の逞《たくま》しい腕は、伊織をしっかりと抱きしめて離さない。

「ここを、もっと愛してやる。腫《は》れあがるまで、舐めてやろう」

「いぁ、あ……あ、ああ、あ！」

ひとつをつまみ、ひとつを舐めあげる。軽く、かりりと歯を立てられて、伊織は大きく目を見開いて紅蓮の背に手をまわして力を込めた。

ふわふわの毛並みに、頬を押しつける。その心地よさに息をつくと、紅蓮は小さく笑った。

「これが、好きか」

掠れた声で、紅蓮がささやく。

「少しくらい痛いほうが、おまえは感じるのだな……？」

「そ、んな、こと」

痛いなんて、いやに決まっている。しかし紅蓮の口から洩れると、それはさぞかし艶めかしい感覚であるという錯覚に陥ってしまうのだ。

「ここが感じるとは、本当にかわいらしい……」

ちゅく、ちゅくと吸いあげながら、紅蓮はささやいた。

「もっともっと、開発してやりたくなるな。服に掠めただけでも、感じられるというように……」

「や、っ……や、ぁ……っ……」

そんなことは、困る。逆らうように伊織は身をよじり、しかし紅蓮は彼を逃そうとはしない。抱きしめ、引き寄せ、なおも乳首を吸いあげる。

「んぁ、あ……あ、ああ、あ」

「ほら、赤くなって……腫れてきた」

「や、め……っ」

「ここだけで、こんなに感じるというのに？」

伊織は何度も息を吐き、紅蓮の体を抱きしめた。彼はなおも笑いながら伊織の乳首をいじり、もうひとつの手は腹のほうに下りていく。

「こちらも……感じているか？」

「や、ぁ……ああ、あ！」

下腹部をなぞられて、伊織は腰をひくつかせた。何度も下肢が震える。紅蓮の目には、すでに勃《た》ちあがった伊織の欲望が見えているだろう。そのことを思うと羞恥が体を貫いて、伊織はなおも逃げようとした。

「無駄だと、言っているのに」

そんな彼に、紅蓮は笑った。

「私から逃げようと言うか？　私に、抱かれたくないと言うか？」

「や……ちが、う……」

伊織は、体を震わせる。

「違う、けど……」

「私と、したいと言ったな」

紅蓮は手を伸ばす。熱くなっている伊織自身に触れてきて、思わず甲高い声があがった。

「もちろんだ。今までになく……優しく、抱いてやろう」

「あ、ん……っ……ん、んっ」

ざらりとした舌で乳首を舐めあげながら、手は下肢に触れている。指が絡んできて、上下に扱《しご》かれた。直接的な刺激に、伊織の口がひくひくと震える。腰が跳ねて、すると貫く刺激が大きくなった。

「やだ……もう、こ、んな……」

少しずつ、もどかしく与えられる刺激に、伊織は泣いた。

「して……いっ、ぱい。焦《じ》らすの……いや、だ」

「ああ」

紅蓮は顔をあげ、伊織の唇にキスをする。ちゅっと音を立てられて新たな羞恥を感じたけれど、同時に彼に愛されている感覚を味わうことができて、心に充足が満ち溢《あふ》れる。

「もっと……してほしいのだな」

自身に絡められた指は、きゅっきゅっきゅとうごめきはじめる。伊織の声が小刻みにあがり、腰の奥から熱いものが迫《せ》りあがってきた。

「あ、もっと……もっと」

そのままもっと、指を動かしてほしい。快感を味わわせてほしい。それを求めて伊織は身を揺すり、すると紅蓮がくすくすと笑う。

「そうだな、もっと、だな」

「意地悪……紅蓮」

「そのようなことを言うか」

紅蓮は伊織自身から、指をほどいてしまう。あ、と思ったものの、しかしすぐに大きな手で摑《つか》まれて、激しく上下された。

「あ、あ……あ、ああ、あ！」

伊織はきゅっと、身を丸める。今までゆるゆると与えられていた刺激が、急に激しいものになった。それに耐え難く身をよじり、なおも声をあげて、しかし体は素直に快楽を受け止めはじめる。

「んぁ、あ……あ、あ……あ、あ！」

扱かれるごとに、痺《しび》れるような快楽が走った。伊織は腰をよじって、しかし紅蓮の手は止まらない。伊織の欲望はたちまち硬く勃ちあがって、先端から透明な液体を流しはじめた。

「や、ぁ……あ、あ……あ、んっ」

「感じているな」

満足そうに、紅蓮が呟く。

「もっと、もっと感じろ……私に、達《い》くところを見せろ」

「ん、ぁ……あ、あ……っ……！」

紅蓮の指が激しく動く。伊織は大きく腰をしならせ、そして腰の奥から熱が放たれるのを感じた。

「あ、あ、あ……あ、ああ！」

どく、どくと精液が溢れる。ぬるい液体が自身を伝って落ちていく。その感覚にひくひくと腰を震わせる伊織を、紅蓮が目を細めて見ている。

「ふふ……」

彼は低く笑って、そして手を舐める。彼がなにをしているのかわからなかった伊織は、しかしはっと気がついて、大きく目を見開いた。

「な、めた……？」

「美味だぞ」

しかし自分の精液を舐められて、黙っていられるわけがない。伊織は声をあげて体を起こし、紅蓮の腕を摑みにかかった。

「び、みって！ そんなわけないでしょう⁉」

「しかし、本当のことなのだから仕方がない」

肩をすくめて、紅蓮は言った。伊織は赤くなったり青くなったり、彼の行為に振りまわされるばかりだ。

「おまえのものだからな、当然だ」

「ん、な……こ、と……」

紅蓮は笑って、伊織の頰にキスをしてきた。そして再び、伊織の体を押し倒す。

「もっと、おまえを味わわせろ」

甘い声で、紅蓮は声を注ぎ込んでくる。どきり、と胸が大きく鳴った。

「ぐ、れん……」

顔を伏せた紅蓮は、臍《へそ》の脇《わき》にくちづけた。ちゅ、ちゅと吸われてひくひくと腰が震える。

彼の口は伊織の腰をすべり、勃起《ぼっき》したままの欲望にまたキスをする。

「んぁ、あ……あ、あ……」

彼は大きな口を開け、伊織自身をくわえた。口の中に収めて、きゅっと吸いあげられて、伊織はまた声をあげる。

「やぁ、あ……あ、ああ、あ！」

力を込めて、紅蓮は乱暴に伊織を吸い立てた。伊織が腰を跳ねさせるのも構わずにくちゅくちゅと音を立て、逃げようにも腰に指をかけられ押さえつけられて、身動きができない。そのことがますます性感を煽《あお》り立てる。

「あ、やめ……紅蓮、やめ、や……ぁ……」

「いいや、やめない」

くわえたままの声は、敏感な自身に響く。伊織の下肢はひくひくと動き、快感のほどを示している。紅蓮はそれを楽しむように腰を撫でてきて、それにもまた感じさせられた。

「っあ、あ……あ、ああ、あ……！」

伊織は声をあげて、また自身が放たれるのを感じた。今までのような勢いはなかったけれど、やはりどろりと紅蓮の口腔《こうこう》に出してしまったのがわかる。

「あ、ごめん……なさ……」

顔をあげた紅蓮は、大きな舌で口のまわりを舐めていた。その野性的な、生々しい表情に思わず視線を逸らせてしまう。紅蓮は手を伸ばしてきて伊織の顎《あご》をとらえ、やはり荒々しいキスをしてきた。

「ん、ん……っ……」

紅蓮の舌から、青くさい味が伝わってくる。伊織は眉《まゆ》をひそめた。

「まずい、です」

「そうか？」

にやり、と微笑みながら紅蓮は言った。

「私には、美味だがな……？　おまえには、わからぬか」

「わかりたくありません！」

紅蓮は笑って、そして伊織の腿《もも》に手をすべらせる。どきり、と胸が大きく鳴った。脚を拡《ひろ》げさせられて、ひくひくとうごめきはじめていた秘所を露わにされて、伊織の羞恥はますます激しくなった。

「ひっ……やだ……、そんな、ところ」

「ここを解《ほぐ》さねば、おまえと繋《つな》がることができないだろうが」

どこか意地の悪い物言いで、紅蓮は双丘の奥に指を這《は》わせる。蕾《つぼみ》をついて、伊織の声を引き出そうとする。

「私に……おまえを、食わせろ」

紅蓮が荒々しいことを言ったので、伊織は、はっと目を見開いた。ちゅくり、と指先が入ってきて、全身がぞっとする。

「ああ……ここは、心地いいな」

感極まったというように紅蓮は、はっと息をついた。

「ここが……感じるのだろう？」

「あ、あ……あ、ああ、っ！」

前立腺《ぜんりつせん》に触れられて、指先にまで痺れるような感覚が走った。伊織の全身には大きく力が入って、それを紅蓮が、片手で宥めた。

「もっと……感じている姿を、見せろ」

唇のまわりを舐めながら、紅蓮が呟く。

「おまえの感じているさまは、艶めかしい……見ているだけで、私も達ってしまいそうだな」

「あ、や……っ、あ、あ……！」

柔らかいしこりを繰り返しいじられて、何度も放った伊織自身が力を帯びてくる。紅蓮は満足げに笑って、突き込む指を増やした。二本の指が中でうねり、狭い秘所は少しずつ拡がっていく。

「あ、もう……もう。だめ、そ、れ……！」

「悦《よころ》んでいるくせに」

指がまた増える。それらにてんでに前立腺と、折り重なった内壁をいじられる。そこが拡がる以上に、迫りあがる感覚に耐えられない。ぐちゅ、ぐちゅと濡《ぬ》れた音が立つのに、どうしようもなく感じさせられる。

「もっと、と言っているのに？　おまえのここは、私を望んで離さない……」

「ちが、違う……！」

伊織は甲高い声をあげた。

「な、か……違う。もっと……紅蓮、を」

途切れ途切れになってしまった声は、きちんと彼に届いているだろうか。伊織は大きく目を見開き、すると端から涙が落ちた。

「ああ、泣かずともよい」

紅蓮が、目もとにちゅっとキスを落としてくる。

「挿《い》れてやろう……おまえの望む、とおりにな」

「あ、は……、っ……」

ちゅくん、と音がして、秘部が空虚を訴える。伊織は思わず身をよじり、そんな彼に笑いながら、紅蓮は身を進めてきた。

「んぁ……あ、あ……あ」

熱くて太いものが、挿《はい》ってくる。それは指とは比べものにならない質量で蜜口を押し拡げ、突然の感覚に、伊織は悲鳴をあげた。

「は、ぁ……あ、ああ……っ！」

「伊織……」

紅蓮の声の調子が、不意に切羽詰まったものになった。彼の荒い吐息が、中を突き進んでくるにつれて激しくなる。彼も夢中になっているのだと知って、伊織は思わず微笑んだ。

「なにを、笑っている」

「笑ってなんか……」

伊織の唇に、紅蓮がくちづけてくる。舌を吸われながら伊織は喘《あえ》ぎ、体の中の質量は、ますます大きくなる。

「あっ、だって……嬉しく、て」

掠れた声で、伊織は訴えた。

「紅蓮が、俺の体で気持ちよくなってること……嬉しくて」

「そうか」

どこか照れたような口調で、紅蓮は答えた。徐々に進んでくる欲望は、前立腺に触れてまた伊織を感じさせ、彼は大きく悲鳴をあげた。

「あ、っ……だめ、だ……っ……め……」

「おまえの中は、これほどに欲しがっているのになぁ？」

冷やかす口調で、紅蓮は声をかけてくる。ぐいと突き立てられて伊織の咽喉《のど》が大きく反った。紅蓮はそこにくちづけ、咽喉仏の突起をぺろりと舐める。

「ほら……中が、ぐいぐいと締めつけてくる」

ずく、ずく、と大きな衝撃を受けながら、伊織は自分の体が紅蓮のものになっていく感覚を味わっている。繋がったところから溶けていくような気持ちになり、そうやって紅蓮とひとつになる快感を味わっている。

「は、ぁ……ん、ん……っ……」

「ほら……おまえの、最も深いところだ」

ずん、と腹の奥を突かれた。伊織はひゅっと息を呑《の》む。今までになかった愉悦が体の中を走って、思わず大きく目を開いた。

「ふふ……中も、ぐちゃぐちゃに濡れているな。私を悦んで、濡れている……」

「ひぁ、あ……あ、ああ！」

紅蓮は伊織の奥を突いて、そのままずるずると引き抜いた。そうやって擦られることにも快感が湧《わ》く。伊織は紅蓮の肩に爪《つめ》を立て、思わず思いきり引っ搔《か》いてしまう。

「あ、ご、め……ん、な……」

「構わぬ」

まるでそうやって傷をつけられることも快楽であるかのように、紅蓮はふっと色めいた息を吐いた。そんな彼の仕草に揺り動かされ、なおも快感を味わいながら、伊織はふたりの繋がった秘所を食いしめる。

「伊織……」

「あ、っ……あ、あ……！」

拍子にくわえ込んでいる紅蓮自身が大きくなり、伊織は小さく息を呑んだ。彼はその瞳《ひとみ》に淫《みだ》らな欲を孕《はら》んで、なおも腰を動かしてくる。

「はっ、あ……あ、ああ……あ」

突きあげられて、引き抜かれて、入り口で腰を揺らされる。また突き立てられて中を擦られ、どんどん熱くなっていく情熱に、伊織は耐えられない。もう、と声をあげても紅蓮は願いを聞いてくれなくて、何度も何度も抽送を繰り返す。

「あ、あ……ん、ぁ……ぐ、れん……」

「なんだ？　伊織」

憎らしいほど余裕の口調で紅蓮は言うけれど、その声から興奮は隠せない。伊織が腰をうごめかせると彼は、はっと息をついた。

「もう、だめ……もう、もう……」

「限界か？」

そう言って、紅蓮は笑った。

「では、おまえの中に注いでやろう……奥に、私の種を……」

「ひぁ、あ……あ、ああ！」

ひときわ強く突かれて、伊織は声をあげる。紅蓮の体にしがみつき、続けざまの突きあげにあがる声には、紅蓮の呻《うめ》きが重なった。

「っあ……あ、あ……あ！」

「……ふ、ぁ……」

どくん、と大きな衝撃がある。伊織は全身を震わせて、注ぎ込まれる灼熱《しゃくねつ》に耐えた。

「んぁ、あ……あ、あ……あ！」

粘着質の液体が、体の奥に流れ込んでくる。それにまた新たな性感を煽られながら、伊織は紅蓮の体にしがみついたままだった。ふわふわの柔らかい毛並みの中に顔を埋め、はぁはぁ、と何度も息を吐く。

「伊織……離せ」

「い、ぁ……っ」

低い声でそう言われて、伊織は慌てて腕を解く。被毛の心地よさが遠のいてしまう。紅蓮が体を起こし、じっと伊織の瞳を見つめてきた。

恥ずかしくなって、視線を逸らせた。紅蓮は伊織の顎を摑み、ぐっと上を向かせて、くちづけてくる。

「ん、ん……っ……」

すぐに口は離れたけれど、ふたりの視線は絡み合ったまま、解けない。見つめ合いながら手を取り合って、力を込めて握る。そうすることで、彼がますます近くにいることをリアルに感じられた。

「伊織……愛している」

紅蓮は、情熱的な口調でささやいた。

「おまえが、私のそばに来てくれて……本当に嬉しい」

「お、れも……」

伊織はたどたどしく、しかしはっきりと言った。

「愛して、る」

「そうか」

満足そうに紅蓮はそう言い、そしてまたくちづけてくる。その柔らかい甘さに伊織は酔った。

「寿命のことなど、気にするな」

「……え？」

紅蓮の言葉に、伊織はきょとんとした。そして先ほどまで、その話をしていたのだということを思い出した。

「おまえが黄泉に行くのなら……私が連れ戻してやる。どこまで行っても、追いかける。

誰にも、邪魔はさせない」

「はい……」

伊織とて、そこのところはよくわかっていないのだ。ただ、不意に心配になっただけで
——もちろん、紅蓮から離れるつもりなどない。

「あ、あ……あ、あ」

紅蓮は体を引いて、ぐちゅぐちゅという音とともに、ふたりの体はわかたれた。そのことを惜しく思いながら紅蓮を見ると、彼もまたどこか、せつない顔をしている。

「もっと、してほしいか？」

「……う」

そうだとも、そうでないとも言えずに、恥ずかしさに伊織は彼に抱きついた。紅蓮は小さく笑って伊織の背に腕をまわし、ふたりは強く抱きしめ合った。

「してほしいのだな……愛《う》いやつ」

「そ、んなこと……」

どうにも恥ずかしくて、伊織は紅蓮の胸に顔を埋める。紅蓮は彼を抱き寄せて、そして
その唇に、またひとつキスをした。

あとがき

こんにちは、雛宮です。お手に取っていただき、誠にありがとうございます。

さてさて異世界トリップもの、今回は神社が舞台です。担当さんに「今度は神社でいきましょう」とご提案をいただき、私がいつか神道ものが書きたいと集めていた資料が役に立つ！　と張り切って書かせていただきました。今回も、登場人物と一緒になってどきどきわくわくしながら作業を進めていたわけですが、そんな私の「書いていて楽しい！」気持ちをお読みくださったあなたにも感じていただけていたらな、と願っております。

謝意を。今回のイラストを担当くださった三浦采華先生。いつもながらにうつくしくキャッチーな画で、紅蓮のカッコよさとか、伊織のかわいらしさがとても魅力的でした。いつもお世話になっております、担当さん。いつもながらにいろいろとご指導いただき、ありがとうございます。出版社の皆さまにも、ありがとうございました。

そしてなによりも、お読みくださったあなたへ最大級の感謝を。少しでも楽しんでいただけておりましたら幸いです。またお目にかかれますように！

雛宮さゆら

ラルーナ文庫

この本を読んでのご意見・ご感想・ファンレターなどお待ちしております。〒111−0036 東京都台東区松が谷1−4−6−303 株式会社シーラボ「ラルーナ文庫編集部」気付でお送りください。

本作品は書き下ろしです。

異世界《いせかい》で見習《みなら》い神主《かんぬし》はじめました

2018年9月7日 第1刷発行

著 者｜雛宮《ひなみや》 さゆら
装丁・DTP｜萩原 七唱
発 行 人｜曺 仁警
発 行 所｜株式会社 シーラボ
〒111-0036 東京都台東区松が谷 1-4-6-303
電 話 03-5830-3474／FAX 03-5830-3574
http://lalunabunko.com
発 売｜株式会社 三交社
〒110-0016 東京都台東区台東 4-20-9 大仙柴田ビル 2 階
電 話 03-5826-4424／FAX 03-5826-4425
印 刷・製 本｜中央精版印刷株式会社

※本書の全部または一部を無断で複写することは著作権法上での例外を除き、禁じられています。
乱丁・落丁本は小社宛てにお送りください。送料小社負担にてお取替えいたします。
※定価はカバーに表示してあります。

© Sayura Hinamiya 2018, Printed in Japan
ISBN978-4-87919-965-2

LaLuna

毎月20日発売！ ラルーナ文庫 絶賛発売中！

聖者の贈りもの 運命を捨てたつがい

雨宮四季 | イラスト：やん

オメガの夕緋が出逢ったのはエリートアルファ・公賀空彦。
彼は夕緋を“運命のつがい”だと言うが――。

定価：本体680円＋税

三交社